人形豹

〔日〕江户川乱步　著

叶荣鼎　译

山东画报出版社

图书在版编目（CIP）数据

人形豹 /（日）江户川乱步著；叶荣鼎译. --济南：山东画报出版社，2022.3

（江户川乱步全集·明智小五郎系列）

ISBN 978-7-5474-3957-9

Ⅰ.①人… Ⅱ.①江… ②叶… Ⅲ.①推理小说－日本－现代

Ⅳ.①I313.45

中国版本图书馆CIP数据核字（2021）第134778号

REN XING BAO

人形豹

〔日〕江户川乱步 著　叶荣鼎 译

责任编辑　姜　辉
封面设计　光合时代

出 版 人　李文波
主管单位　山东出版传媒股份有限公司
出版发行　山东画报出版社
　　　　　　社　　址　济南市市中区舜耕路517号　邮编 250003
　　　　　　电　　话　总编室（0531）82098472
　　　　　　　　　　　市场部（0531）82098479　82098476（传真）
　　　　　　网　　址　http://www.hbcbs.com.cn
　　　　　　电子信箱　hbcb@sdpress.com.cn
印　　刷　山东新华印务有限公司
规　　格　787毫米×1092毫米　1/32
　　　　　　8.5印张　150千字
版　　次　2022年3月第1版
印　　次　2022年3月第1次印刷
书　　号　ISBN 978-7-5474-3957-9
定　　价　42.00元

如有印装质量问题，请与出版社总编室联系更换。

译者序

红极一时的日本动漫《名侦探柯南》的作者漫画家青山刚昌，孩提时代曾是江户川乱步的超级追星族，他笔下的主人公江户川柯南的姓就取自日本推理文学鼻祖江户川乱步，名则取自英国的柯南·道尔。

日本作家历来都有用笔名的传统，江户川乱步本名平井太郎，早年就读于早稻田大学经济学专业，江户川就在早稻田大学旁边。巧合的是，"江户川"的日式英语发音"edogawa（爱多嘎娃）"，与"Edgar a-（埃德加·爱）"的发音极其相似；

"乱步"的日式英语发音"ranpo（兰波）"，与"llan Poe（伦·坡）"的发音又十分相近，故而决定以"江户川乱步"为笔名。从此，这个名字陪他度过了四十年推理文学创作生涯，也成为日本推理文学史上不可逾越的高峰。

1923年，乱步在《新青年》杂志上发表处女作《两分铜币》，引发轰动。当时的编者按这样写道："我们经常这样说，《新青年》杂志上总有一天将刊登本国作者创作的侦探小说，并且远远高于欧美侦探小说的创作水平。今天，我们终于盼来了这一兴奋时刻。《两分铜币》果然不负众望，博采外国作品之长，水平遥遥领先于外国名作。我们深信，广大读者看了这篇小说后一定会深以为然，拍案叫绝。作者是谁？是首位登上日本侦探文坛的江户川乱步。"

1925年，乱步发表小说《D坂杀人事件》，成功塑造了日本推理文学史上的第一位名侦探——明智小五郎。其后，他又陆续创作了《怪盗二十面相》《少年侦探团》等脍炙人口的作品，其中的"怪盗二十面相""少年侦探团"等角色已经突破了类型文学的束缚，成为世界文学史上的典型形象，先后多次被搬上各种舞台，改编成各种各样的影视、动漫作品。

第二次世界大战爆发后，江户川乱步因作品被禁止出版，投笔抗议，公开发表《作者的话》："我撰写的小说主要是把侦探、推理、探险、幻想和魔术结合在一起，让读者富有想象力和创造力。人类必须怀有伟大的梦想，经过不断的努力，才会创造出伟大的时代。没有梦想，没有幻想，就没有科学。历史已经证明，科学的进步多取决于天才的幻想和不懈努力。科学进步了，人民才会过上好日子。可是今天的战争，毁掉了科学，毁掉了人民的梦想，日本人民将会被一个不剩地当作炮灰，却还是避免不了失败的结局。"

1947年，日本侦探作家俱乐部成立，乱步被推举为主席。俱乐部在1963年改组为日本推理作家协会，至今仍是日本最权威的推理作家机构。1954年，乱步在六十大寿之际，个人出资100万日元，设立"江户川乱步奖"，用以激励年轻作家。在之后的半个多世纪里，以东野圭吾为代表的一大批优秀的日本推理文学作家通过这个奖项脱颖而出，他们的成绩也使得"江户川乱步奖"成为日本推理文坛最权威的大奖。

1961年，为表彰乱步在推理文学界的杰出贡献，日本政府为其颁发"紫绶褒勋章"（授予学术、艺术、运动领域中贡献卓著的人）。1965年，乱步突发脑出血去世，获赠正五位勋三等瑞宝章。为纪念乱步，名张市建有"江户川乱步纪念碑"与"江户川乱步纪念馆"，丰岛区设有"江户川乱步文学馆"，供日本与世界的爱好者与学者瞻仰和研究。

《江户川乱步全集》作为乱步作品之集大成者，先后出版了多个版本，加印数十次，总印数超过一亿册，迄今已有英、法、德、俄、中五大语种版本问世。衷心希望诸位读者能够通过这一版的中文译本，回望日本推理文学的滥觞，领略一代文学大家的风采。

是为序。

2021年元旦于上海虹桥东华美寓所

目　录

恩　田

冬天的一个深夜，天气寒冷，快要下雪了。

银座大街上的黑百合咖啡馆里，服务员神谷芳雄正拦住熟悉的卖花姑娘洋子小姐聊天逗乐，说话间不经意地朝整个店扫了一眼，嘴里说道："奇怪！今晚究竟是怎么了？还没到十一点就已经没客人了，真让人感到意外。"

黑百合咖啡馆光线昏暗，阴森森的，平日里客人并不多，可今晚门可罗雀的情形更加少见，仿佛人去楼空一般，让人觉得毛骨悚然。

"我也有同样感觉，好像魔鬼就要来了，大街上肯定刮起了刺骨的寒风？"

洋子小姐哆哆嗦嗦地说着，战战兢兢地环视了一眼周围。

就在这时，店门被推开了，传来皮鞋与地面摩擦的响声。进来的是一位男性客人，像有意避开他人的视线那样，径直地朝着最里面的角落走去。

那里是车厢式座位，又凑巧被棕榈树盆景遮挡着，是整个店里最隐藏的座位。这位客人一走到那里便立刻弯腰坐下，由于走路的速度很快，以致神谷芳雄来不及为他引路。

男客人身着黑色西装，骨瘦如柴，两条腿又细又长；高高的鼻梁，眼睛大得出奇，闪烁着让人害怕的寒光。看年龄，男人在三十岁左右。

洋子小姐见状，突然压低着嗓音轻声说道："哎，我觉得这个客人像从山上下来的野兽。"

神谷芳雄被她这么一说，立刻警惕起来，不时地打量着盆景后面的动静。看他那认真的表情，如此古怪的客人似乎还是第一次光顾。

"我讨厌那样的客人！"

不一会儿，洋子小姐冷不防地抓住神谷芳雄的胳膊说。

"你怎么了？"

"哎，你瞧呀！棕榈叶背后的那对大眼睛，像贼眼一样盯着我看！真让人受不了！"

神谷芳雄赶紧朝那里望去，只见棕榈叶间果然有眼睛，并射出贪婪的目光，仿佛像猫盯着老鼠那样恶狠狠地望着洋子小姐。

"大概是希望你去他那里卖花吧？"

"我才不去那样的客人身边卖花呢！"

"你别介意，不要把那样的人放在心上。"

其实，神谷芳雄也被对方的眼神激怒了，正针锋相对地与对方互瞪眼睛。可令人奇怪的是，那两道令人生厌的目光越发炯炯有神了。

"哎，那家伙到底怎么回事，该不是和我们一样的人吧？我说还是别朝他那里看为好。"

"是的，我已经不看那里了。"

他俩把脸扭向旁边。

"哎，神谷，我觉得挺为难的，不知如何是好，你说怎么办。"

片刻后，接待那个可疑客人的服务小姐返回来，走到神谷芳雄的身边说。

"为什么？"

"那客人说他一定要买洋子小姐的花，要我通知洋子小姐过去。我觉得这客人的举止很奇怪便拒绝了他的要求，可他不答应。

"如果洋子小姐去他那里卖花，我要是一直陪着，应该不会发生什么事情吧。你说说看，要不要请洋子小姐去他那里？另外，最好神谷也在旁边陪着。"

虽说服务小姐的语气婉转，考虑得很周到，可洋子小姐还是边摇头边说："我不去，我害怕那人。我有预感，去他那里卖花肯定会发生可怕的事情。对不起，我该回去了。"

"是啊，你说的也许是对的。"

服务小姐又到那位可疑的客人身边，可转眼间又返回来说："洋子小姐，那客人非要你去不可！说他已经决心买你的花，还说你为什么不过去，还说他讨厌站在卖花姑娘身边说话的服务生。他大声吼叫，一定要洋子小姐去他那里。"

"这家伙还真难伺候。好，我代替洋子小姐去那里把花卖给他。"

"你别去！那家伙也许会趁机捣乱的。"

神谷芳雄毫不理会洋子小姐的劝告，从她手里夺过鲜花和服务小姐一起朝客人那里走去。

"谢谢你光临本店！这些鲜花，无论你要哪一束都是两百日元。"

此刻，客人已经把酒杯和威士忌的酒瓶子横倒在桌子上，恶狠狠地把盘子里的烤牛肉乱割一通。当听到神谷芳雄说话的声音时，猛地抬起头来笑着答道："哦，我是要这花，可我是想从那位小姐手里买下它。你呢，我就只能说对不起了。不过，我想请你把那位小姐叫到这里来，好吗？告诉你，我可不是随意任人摆布的客人。我想这一点你应该能看得出来，拜托了！希望你别惹我生气！瞧！瞧我的嘴……瞧我的嘴……"

只见他边说边把嘴里的牙齿咬得直响，似乎在使劲地克制自己的怒火，那双大眼睛越变越大，开始喷射出令人害怕的蓝色火焰。

"先生，真不凑巧，那位卖花小姐现在不舒服，正准备回家呢！"

"不答应吗？不能来吗？"

客人追问。

"是的，你这要求有点过分。"

"我快要忍不住了。如果我忍不住的话……"

他一边说，一边好像想起了什么，手握成拳头，冷不防地猛击桌子，还反复猛击。不一会儿，他的指关节皮肤破了，鲜血朝外直流。

他这样做，似乎是为了控制剧烈的心跳。

可霎时间，左手和右手上的所有手指，好像抓住了什么，那形状简直让人恶心。全身像怒吼的野兽那样频频晃动，蓝色的目光越来越刺眼，牙齿的摩擦声越来越响。

"洋子小姐，请到这里来一下！"

神谷芳雄顶不住了，不由得转过身喊了洋子小姐。

"干什么呀？"

洋子小姐答道。其实，她就站在神谷芳雄的身后。这时，她仿佛不再害怕，勇敢地走到客人的跟前。

"啊，啊，你，你就叫洋子小姐吧？"

客人的脸霎时间阴转晴并笑出了声。

"我呢，叫恩田，你这些花我都买下了！"

他望着摆开架势要保护洋子小姐的神谷芳雄，献殷勤似的讨好洋子小姐。

客人的嘴巴也比常人大许多，使劲张开的时候，似乎两边的嘴角能与耳朵根部相连，嘴巴似乎占据了整个脸。虽说嘴唇不厚，可颜色让人感到可怕。

客人从袋子里拿出一万日元的纸币，让洋子小姐拿着，问道："哎，小姐，给你一万日元，这下可以成交了吧？请问，你能否坐下陪我说说话？"

神谷芳雄一听这话顿时勃然大怒，可一看见他那张令人毛骨悚然的脸时，立刻又害怕起来，别说把拳头伸向对方，就连话也不敢说了。

客人扶起横躺在桌子上的威士忌酒瓶和酒杯，将瓶子里的威士忌倒入玻璃杯里。

"好，为洋子小姐干杯！"

客人兴奋地喝完杯中的酒，伸出长长的舌头，来回舔着嘴唇。瞧那舌头不仅奇特，颜色也红红的，更增添了恐怖的氛围。

神谷芳雄和洋子小姐在明亮的灯光下，将客人不停晃动的长舌头看得一清二楚。

咦，那好像不是人的舌头，舌头表面上布满了针尖，每晃动一次舌头，那上面的无数针尖就像风吹的草丛那样摇晃，但都像昂首挺立的麦芒那样坚挺。

神谷芳雄曾经饲养过猫，深知那种舌头的厉害。

这家伙的舌头，绝对不是人舌，肯定是猫舌。如果不是猫舌或老虎舌，那就是豹舌。

两颗大眼睛，射出那样的蓝光；黑乎乎的脸上，皮下净是骨头；让人胆战心惊的舌头；还有十分灵巧的身材。

一定是黑皮豹！是的！看客人的整个外表，你会自然而然地想起栖息在热带森林里独来独往且凶狠残忍的野兽。

这是一头长着人皮的豹！

是的，这家伙是人形豹恩田！

好　奇

　　一心想保护好卖花姑娘洋子的神谷芳雄，极力克制着恐惧的内心，一直站在恩田的旁边。

　　然而，恩田只是一个劲地喝酒吃菜，跟洋子小姐聊天聊到深夜十二点左右。

　　一直到服务小姐说打烊了，他才无可奈何地朝洋子小姐连声说再见，并格外乖顺地走出店门。

　　直到这时，神谷芳雄紧绷的神经才算松懈下来，赶紧安慰脸色铁青的洋子小姐。关上大门后，他和洋子小姐一起来到外面的马路上。

　　"我还是不放心，打算送你到新桥车站！"

"谢谢，给你添麻烦了。"

洋子小姐的脸上露出放心的微笑。

深夜的大街上看不见人影，凛冽的寒风迎面吹来。他俩来到河边的电影院街道上，没想到恩田居然站在光线朦胧的街灯下。

"又遇到那个家伙了！"

两个人不约而同地停住脚步。

刚才在咖啡馆里，恩田不知将什么东西捏成一团夹在腋下。由于他的动作很快，因而没弄明白那是什么玩意儿。

可现在看清楚了，那原来是一件黑色短袖披风，眼下正套在西装外面，看上去极不相称。那披风宛如夜间飞行的大鸟，风稍一大点儿，披风的下摆和短袖便像蝙蝠的翅膀那样舞动着。

他俩被这从未见过的一幕吓蒙了，站在那里直发呆。

突然，恩田迎着寒风迈开脚步。

"喔！"

他嘴里发出奇妙的喊声，像淘气的顽童那样又是顿足又是捶胸，似乎根本不知道什么叫寒冷。

也不知何故，神谷芳雄仿佛被恩田深深地吸引住了，越是害怕越想见识一下恩田那不可思议的真面目。强烈的好奇心占据了他的头脑，无论恩田去哪里，他都要跟到底看个究竟。

一会儿，恩田叫了一辆出租车坐了上去。

"洋子小姐，我去跟踪这个家伙。"

"你最好别干傻事！"

洋子小姐极力阻拦他，可神谷芳雄似乎已经按捺不住了。

"别劝了！你还是快回家吧！"

说完，神谷芳雄也立刻叫了一辆出租车，飞身上了车。

"司机，请跟上前面那辆出租车！不管它驶向哪里都要盯住它。另外，别让那辆出租车察觉。拜托了！"

他一叮嘱完毕，司机像执行上级命令那样沿着大街飞驰起来。前面没有其它车辆，就那辆被跟踪的车。

在到达新宿前，窗外街道上的情景可以看得清清楚楚。可驶过新宿后，几乎什么也看不清了。不知不觉中，两辆车一前一后地驶入了农村小道，两边的住宅十分稀少。

行驶四五十分钟后，那辆出租车终于停了。

为了不让恩田察觉到身后有"尾巴"，神谷芳雄在与前面的出租车相距一百米的地方下车了，并询问司机这一带是什么地方，司机回答说好像是荻洼和吉祥寺。

"请你关上车灯在这里等我，我马上就回来。"

神谷芳雄吩咐司机后，匆匆地推开车门去追恩田。

街道两侧，矗立着高耸入云的参天大树。树与树之间，有零星的农民的住宅。道路上的所有路灯，光线都是昏暗的。

借助微弱的灯光朝前望去，恩田正大步行走在神谷芳雄前面三十米左右的街道上，身上的蝙蝠式黑短披风正迎风挥舞着。

当恩田正要从路灯下经过时，冷不防地从前方窜出一条野狗，朝他大肆地吼叫。

恩田抬起腿企图赶走野狗，嘴里不停地发出"嘘！嘘！"谁知他越是那样，野狗越是叫唤。瞧野狗龇牙咧嘴的模样，似乎是担心恩田向它发起进攻。

恩田开始又是踢腿又是在胸前握紧拳头。神谷芳雄虽听不见什么，但他估计恩田在磨牙齿。

通常，人见到这般情景也会吓得转身逃走或避而远之。可狗毕竟与人有着根本的区别，非但没逃，相反越来越激动，还朝恩田猛扑过去。

霎时间，令人不寒而栗的事情发生了。对神谷芳雄来说，这种惨烈的情景是他一辈子也忘不了的。

原以为恩田会叫，谁知他猛地扬起黑色披风，俨如凶猛的野兽朝野狗迎了上去。

昏暗的路灯下，人与狗扭成一团，犹如大团的煤块在路上滚来滚去。此时此刻，恩田和野狗都不叫唤，而是在恐怖的氛围中互相厮杀。

人与狗的搏斗并没持续很长时间，"大煤块"

瞬间不再滚动了。一会儿后，只见恩田摇摇晃晃地站起来，继续朝前走。横卧在地上没有动弹的，是可怜的野狗。

神谷芳雄走到野狗的尸体跟前仔细打量，那情景令他情不自禁地直打哆嗦。野狗不仅嘴被撕裂，而且浑身是血，躺在血泊里犹如火红的血球。

哦，恩田简直是怪物！肯定不是人！如果是人，不可能这样惨无人道，也不可能有这样的力量。

他的两只手一定是抓住了野狗嘴巴的上下两半，朝两个方向撕，将野狗从脑袋到身体撕成两大片。如果是普通人，不可能有这样大的力气。

神谷芳雄被眼前的情景惊呆了，脑海里浮出转身逃走的念头。可强烈的冒险心理还是战胜了害怕，虽说手心上都渗出了冷汗，但他仍紧握着双拳追踪上去。

追了一会儿，恩田不再沿街道朝前走，而是拐入小道。稀稀拉拉的杂树林前面，有一片枝叶茂密的树木遮住了星空，树与树之间有灯光闪烁。无疑，那里有住宅。恩田的住宅也许就在那片树林里。

随着与路灯的距离越来越远，杂树林里变得越来越暗。不一会儿，当他来到杂树林的出口时，刚才还能看见恩田的影子，现在转眼间消失了。

进入容易迷路的树林后，神谷芳雄一直是瞪大眼睛紧盯着目标的。可就在从出口到平地的一瞬间，恩田却消失了。真不可思议！

"奇怪！那家伙去哪里了？"

这一带既没有水田也没有旱地，到处都是野草，再也没有像样的道路。枯草不时地缠住他的脚，行走起来十分不便。

神谷芳雄悔恨极了，好不容易跟踪到这里，目标却突然不见了，只得放弃追踪。他环视周围，以对面树林里的灯光为目标，垂头丧气地走着。

突然，他发现前面五六米远的草丛里传来响声。哦，也许是风？或许是风吹动枯草的响声？可转而一想，要是风吹的，应该是一大片的响声，仅这一个地方有响声，太不可思议了。

他不由得感到恐惧，停住脚步后侧耳探听。与此同时，响声猛然停止了。可一迈步时，声音又来了，还是来自同一个方向。

他试着不发出脚步声走路，可仍然有响声，而且是脚把草朝两边分开时传出的响声。

霎时间，神谷芳雄呆呆地站在原地不动了，两条腿僵硬得像不听使唤的烧火棍。他循声望去，那片草丛里有两颗闪耀着磷火的圆球。

像这样寒冷的季节，按理不会有萤火虫，这可能是野兽的眼睛。

眼睛里射出的蓝光越来越强，紧紧地盯着神谷芳雄。呵，是那家伙！是恩田！不知何故，这家伙趴在草丛里看着神谷芳雄。

黑暗里，他俩互相注视着并僵持了很长时间。当神谷芳雄紧张得快要支撑不住的时候，趴在草丛里的恩田居然说起话来。仔细辨别后，声音好像从地狱深处传来一样，阴沉、嘶哑。

"喂，小伙子，快回去！我没心思跟你这种人打交道。"

说完后，两颗蓝光闪烁的圆球调转方向。只见恩田胸朝下脸朝前，两只手敏捷地将草分开，朝远处奔跑起来。

恩田没再站起来，而是胸部朝下像野兽那样，前爪配合后腿飞快地奔跑起来。

神谷芳雄原先的勇气消失了，使出吃奶的劲儿，沿着来时的路气喘吁吁地跑开了。

血　书

打第二天开始，神谷芳雄就发高烧了，整整躺在床上一个星期。

因病一个星期没上班的神谷芳雄，早晨刚进入店里，就被服务小姐一把拦住了，提心吊胆地问他："自从那天晚上打烊到现在，再也没见着洋子小姐，发生什么了？"

接着，服务小姐又说了最近发生的事情。

洋子小姐的家人去警察局报案了。警方全力搜寻洋子小姐的下落，但一个星期过去了，没找到任何线索。

一听到这个消息，神谷芳雄的眼前立即闪现出恩田来。

洋子小姐一定是被恩田绑架了！

要真是恩田绑架的，那可就麻烦了。

神谷芳雄没有向警方告发恩田。因为，万一不是恩田所为，反而招惹是非。看来，他必须亲自调查，掌握确凿的证据后再说。首先，他应该掌握恩田的真实身份以及居住场所。

第二天，他没去咖啡馆上班。下午出门，他根据记忆去了武藏的野树林去寻找恩田的住所。

虽说一路上迷路了好几回，但最终还是找到了那片树林。他不停地用脚分开湿漉漉的草，沿着羊肠小道朝目标走去。

天空阴沉沉的，没有一丝风。

此时此刻，那天深夜的遭遇开始在眼前一一浮现，脑海里涌出想马上逃走的念头，可结果还是被理智战胜了。

不管怎么说，这一次来这里是为了救助洋子小姐的。他不停地为自己打气。他穿过草地后勇敢地走进昏暗的树林里。

树林深处的一片杉树林里，有一幢孤零零的陈旧别墅，四周是长满青苔的围墙。像这样的建筑居然能保存到今天，令人感到惊讶。

陡峭的石板瓦屋顶上，有一个用红砖垒成的烟囱。与这幢阴森森的建筑相比，烟囱显得十分挺拔。建造这个烟囱，也许是这幢别墅的主人感到寒冷，或许是其他原因。

锈迹斑斑的铁门关得牢牢的，没有一丝可以窥视里边的缝隙。宽敞的院子里显得格外清静，仿佛别墅里根本就没有人。

神谷芳雄打算沿着围墙转一圈，脚踩在湿漉漉的枯叶堆上，提心吊胆地走着。当他来到别墅后面时猛然听到了奇怪的声音，不由得停住了脚步。

说得确切一点，这声音应该是动物发出的响声，人不可能发出那么可怕的声音。对，一定是野兽！根据声音分析，是远比野狗凶猛和残暴的野兽的吼声。这充满阴气的住宅里难道饲养着野兽？！

神谷芳雄极力按捺自己的心情，侧耳倾听。不一会儿，吼声又响了。

"喔……"

是猛兽的吼叫声。

霎时间，像飞镖之类的东西从围墙里飞出，正好掉落到神谷芳雄的脚边。他大吃一惊，想拔腿逃跑，可仔细一看，并不是危险物，而是被捏成了一团的手帕。

他用脚踢了一下，从手帕里滚出一枚别针。咦，好眼熟，好像在哪见过？他打算拾起来仔细辨认。就在蹲下的一瞬间，他发现手帕上写有红字。

啊，是用鲜血写的，用鲜血写的字！

上面的字迹很潦草：救命！歹徒要杀我！

无疑，写字的人是在迫不得已的情况下弄破手指，用从手指流出的血写的字。

神谷芳雄拾起掉落在地面上的那枚别针，竟发现是洋子小姐佩戴在胸前的别针，而且这还是他圣诞节时送给洋子小姐的礼物。毫无疑问，血书是洋子小姐写的！她本人肯定被关押在这幢别墅里。

这时，神谷芳雄已经把恐惧全抛到了脑后。过不了一会儿，洋子小姐很可能惨死在野兽般的罪犯手里。我必须全力营救！就是舍命也要救她出来！

他大步跑到铁门跟前，边敲打边叫嚷："哎，请开门！屋里有人吗？"

可无论他怎么敲打和叫嚷，别墅里毫无反应。

神谷芳雄已经没时间思考接下来该怎么办了，只见他突然将脚踩在铁门横挡上，越过铁门跳到了院子里，随即跑到玄关，继续胡乱地敲起门来。

"是谁？讨厌！"

这一回总算有反应了。

别墅里面的人，一边吼骂一边打开了门。

圈　套

门开了，从门缝里探出脸的，是弓腰驼背、身着西装的白发老人。

神谷芳雄见对方是弱不禁风的老人，顿感扫兴，问道："这里是恩田别墅吗？"

"是的，我就是恩田，请问你是谁？"

自称恩田的老人慢吞吞地回答，瞪着眼睛上下打量着神谷芳雄。他那副神态和说话的语气，让人觉得别墅里没有危险。

"对不起，我想见年轻的恩田。请对他说，我是咖啡馆的服务生，跟他见过面。"

"你是说青年恩田。哈哈，他是我的儿子！你找他吗？实在对不起，他出门了。"

老年恩田若无其事地说着，满脸漠不关心的样子。看老年恩田的外表显得老态龙钟，可千万别被他的外表所迷惑。观其眼睛的颜色，不像是一般的老人。

"那，我想打听一件事，请问贵府有没有一位十五六岁的姑娘？她叫洋子，是银座一带的卖花姑娘。"

"卖花姑娘？我不知道……哎，让你站在这里说话太难为你了。怎么样，请进屋吧！坐在椅子上慢慢地聊！可你爬铁门进来的行为是不能允许的，下不为例！呵呵，这次就不提了……"

老年恩田突然变得热情起来。奇怪！笑里藏刀，肯定有诈。可头脑发热的神谷芳雄压根儿没察觉到老年恩田的"话中话"，一听说邀请自己，便不由分说地跟在老年恩田的身后走进了屋里。

"来，请进这个房间……"

这个房间，窗户的位置很高，窗洞很小，光线昏暗，简直像一间牢房。

"我是专门搞科研的，整天忙着科学研究，和外面的人基本不来往，没有专门用于接待客人的房间。"

这确实是一间不可思议的房间，左侧沿墙面的书橱很高，摆满了外国出版的精装书籍；右侧墙面的上半段是橱架，放有许多大小不一的玻璃瓶，玻璃瓶里好像是药；橱架下面好像是实验台，胡乱地放着许多试管、烧杯、玻璃容器和蒸馏器等。

房间的一个角落里，放有玻璃橱。玻璃橱里，东倒西歪地放着三四个骷髅，眼睛的孔洞里积满了灰尘。

房间的正中央，放着一张大桌子，桌旁有两张坏椅子。

"好，请坐吧！我的儿子大概就要回来了。他不回来，我什么也答不出来呵！就像你看到的这样，我是一个只专注于研究的老人。"

"你真不知道吗？不管怎么说，家里来了素不相识的姑娘，你不应该不知道吧？否则，那就太不可思议了。"

"哦，哦，你说什么？姑娘被关押在我这里？你大概弄错了吧？我和我儿子都不是坏人。你到底掌握了什么证据？居然上我这里来找事！"

猛然间，老年恩田的眼睛里射出咄咄逼人的目光。

"你是说证据吗？这就是证据！"

神谷芳雄把刚才拾到的手帕放在桌子上，摊开让老年恩田看。

老年恩田看了那上面的血书内容，脸上出现了大吃一惊的神色，但语气仍不改初衷：

"不知道！我不知道有这么回事……如果你怀疑，就请搜查房间看看吧！我可以为你当向导。"

老年恩田的这番慷慨陈词，令神谷芳雄十分意外。他觉得，一定要提防着点。其实，老年恩田话里有话，其背后无疑设有圈套。可一心想救出洋子小姐的神谷芳雄，没有特别留神。

"那好，就请允许我参观一下你的别墅。承蒙你的好意，希望能心情舒畅地离开这里。"

"好呀，我也不希望被人怀疑。请跟我来！"

老年恩田磨磨蹭蹭地离开椅子，把双手绕到背后，蹒跚着走出房间，沿着昏暗的走廊走到某个房间跟前，门看上去很坚固。

"好了，请先看这个房间吧！"

老年恩田一边说一边开锁，站在前面慢吞吞地朝里走去。

神谷芳雄也跟着走了进去。房间里的光线十分暗淡，一点也看不清楚。

"窗户没打开吧？"

"是的，我现在就打开窗子，请等一下！"

黑暗里，老年恩田摸了好一阵子。不一会儿，传来一阵响声，房间里顿时一片漆黑。

"怎么回事？"

神谷芳雄吃惊地大声问道。这时传来老年恩田的笑声，好像站在很远的地方。

"哈哈哈……没怎么回事呀！只是想请你在里面待一会儿。好了，你最好别急。哈哈哈……"

接着，老年恩田的声音渐渐远去。

"糟了！"

神谷芳雄冲到门口，可已经无法追上老年恩田的脚步。只见那扇厚厚的木门被关上了，门外侧被上了锁。无论怎么推和拉，坚固的木门纹丝不动。

"唉，怎么办？"

由于一时的疏忽上了圈套。老年恩田装模作样地开窗户，其实是转移神谷芳雄的注意力，以便伺机窜到走廊上关闭房门。

神谷芳雄试着用身体撞门，但什么反应也没有，于是用手摸索着墙壁，寻找窗口的位置。可四周是全封闭的板墙，没摸到像窗户那样的东西。这个房间的面积有五平方米左右，像仓库。可用作仓库又太过于牢固，难道是关动物的牢笼？

"是的，肯定是牢笼！我被当作野兽关在牢笼里了！"

神谷芳雄浑身不由得直打哆嗦，追悔莫及，垂头丧气地蜷缩在黑暗里。

洋子小姐怎么样了？关押她的地方既然可以扔手帕，肯定是在这幢别墅的某个有窗户的房间里！

他必须设法逃出去，必须设法救出洋子小姐……

就在神谷芳雄陷入思索的时候，猛然从离他很近的地方传来野兽的吼声，好像就在隔壁。

"啊，是猛兽！这幢住宅里果然饲养着猛兽！这个怪老头，也许是为了给野兽弄吃的，而把我和洋子小姐关押在这里的？"

他想到这里猛地站起身来，可转眼间又打消了这一愚蠢的想象。

当今的现代社会里，怎么会在这里出现这样的住宅。有了这样的怪住宅，今后还不知道会发生什么样的怪事呢？

他独自一个人坐在伸手不见五指的房间里，令人恐怖的想象接踵而来。接着，他再也坐不住了，站起身来在房间里转来转去，犹如被关在牢笼里的困兽。

突然，板墙上出现了一个小孔，细细的光线随即从那里射入房间。

"太好了！"

神谷芳雄高兴得跳了起来，急忙地跑到那里把眼睛凑在孔上窥视。

啊，是自己在做梦吗？隔壁的房间果然有一头身体健壮的豹子。

隔壁的房间像个大仓库，四周也是坚实的墙体，有一个墙角裸露出铁笼子的一部分。豹子就在那个铁笼子里。铁笼子外的地面上铺有地板，大概是用于豹子散步的。

也许是心理作用，难闻的野兽味直往鼻孔里钻。不光味道，还有热气。这到底是怎么回事？

当他的眼睛凑到孔上时，有了暖暖的感觉。这来自隔壁的房间。

哦，明白了！可能从这里看不见？多半是豹子怕冷，特意给它烧了暖炉。刚才在围墙外看见烟囱里冒着烟，莫非就是从这个房间里出去的？

看来，老年恩田是一边饲养豹子，一边模仿豹子并训练让人觉得害怕的青年恩田。

想到这里，神谷芳雄感到震惊。尽管这样，他仍然没有减弱他的好奇心。他又走到墙壁跟前，眼睛凑到孔上窥视那个房间。

"啊！"

他大叫了一声，全身像打摆子那样不停地颤抖。因为，那边出现了出人意料的恐怖情景。

也不知是什么时候，关豹子的铁笼子前面出现一个头发蓬乱的女子，仰卧着躺在地上，双手好像摆开了防备的架势。

可恨的是，从孔这里无法看见房门那里的情景。那里，肯定有人从门外朝房间里走来。无疑，女子是被人推进来的。

"啊，洋子小姐！"

神谷芳雄不由得叫嚷起来，可能是喉咙干渴，声音嘶哑得说不出话来。

啊，怎么办？洋子小姐被扔进了关押野兽的房间。再过一会儿，关押豹子的铁笼子将被打开，饿得前胸贴后背的野兽，势必把洋子当作丰盛的美餐。

神谷芳雄想到这里，浑身冒出豆大的汗珠。

所幸的是，他的想象没有成为现实。片刻后，他才明白袭击洋子的不是豹子，而是比豹子还要残酷的人。洋子用双手摆开架势，是为对付那家伙的。

看着看着，突然有一个身影占据了整个孔。仔细一看，竟然是青年恩田！就是老年恩田的儿子。那天夜晚，这家伙趴在草丛里伏击他，后来像野兽那样跑开了。

瞧！他仍然双手撑在地上爬行。对他来说，像野兽那样趴在地上行走远比站着行走自然。他不是人！瞧那可怕的模样，正在朝洋子爬去。这家伙究竟是人还是野兽？说是野兽，只是模样像野兽。

青年恩田，两只眼睛白天里依然像两道荧光那样不停地闪烁；嘴巴每呼吸一次便朝两边张开，洁白的牙齿让人感到恐怖，红得发黑的舌尖不时地从两排牙齿之间伸出。

那模样俨如猫耍老鼠，边转圈边靠近洋子，跳跃式地做着野兽的猛扑动作。

真　豹

　　青年恩田身穿满是褶皱的黑色紧身西装，酷似一头黑豹子。

　　光线暗淡的房间里，青年恩田的眼睛越来越亮，紧接着开始闪光。与此同时，嘴里不时地传出牙齿摩擦的响声，并扑向可怜的洋子。

　　顿时，两个人的身体像橡皮球那样在宽敞的房间里滚来滚去。每当扭在一起的两个身体滚到看不到的地方时，神谷芳雄便会觉得自己的心脏快要破碎似的。

　　可青年恩田没有真正使劲，还是像猫耍老鼠那样幸灾乐祸地看着洋子。每当洋子的身体被推在地上打滚时，他便乐个不停。

洋子的脸和手脚上到处是伤，有抓伤的，有擦伤的，伤口那里不停地往外渗血。

唉，怎么办？要不了多久，洋子就会被披着人皮的青年恩田撕成好几段。哼！我一定要设法救出她！

神谷芳雄已顾不上自己的安危，抡起拳头猛敲板墙。

糟了！笼子里的豹子也许因为发现了可以作为美餐的洋子，兴奋得大闹起来。

它抓住铁笼子上的铁杆子使劲摇晃，还在笼子里直跺脚，张开大嘴不停地吼叫。

这时，滚来滚去的洋子，身体滚到了铁笼子的门前。

洋子抓住铁笼子的铁杆子挣扎着站了起来，手无意中碰到了铁笼子上的插销。洋子虽已筋疲力尽，可似乎也明白了那是铁笼子的插销。

只见她猛地转过身来紧盯着又要朝她扑来的青

年恩田。

突然，洋子嘿嘿嘿地笑了。

"啊！"

神谷芳雄瞬间明白了洋子的用意，不由得紧紧闭上了眼睛。

"别胡来！洋子小姐，别发疯！洋子小姐，别胡来！"

这时，金属的响声传入神谷芳雄的耳朵里，吓得他又打起了哆嗦。可好奇心又驱使着他的神经系统，再次睁开了眼睛。

铁笼子的门已经打开，是洋子打开了门上的插销。他想查看铁笼子里的豹子，却已不见踪影。从孔里看见的那块地上，是黑色和黄色的组合扭打在了一起。

原来，铁笼子里的豹子纵身跃出铁笼子，扑在了青年恩田的身上。

"哇！"

惊叫声来自青年恩田，被豹子突如其来的猛扑吓得脸色骤变。不过，他毕竟不是常人，而是人形豹，个头比真正的豹子高。只见他奋勇迎战，与真豹子展开了世界级的搏斗。

两张嘴巴互相疯狂地对咬。人形豹恩田张开大嘴巴，露出洁白的獠牙朝真豹子咬去。

光线暗淡的房间里，从眼眶里射出的四道蓝光宛如燃烧的火舌飞来舞去，凄凉的叫声震动着四周的板墙。

野兽毕竟是野兽！青年恩田再有能耐，最终还是咬不过真豹子。渐渐地，他被逼到房间的角落里。这时，真豹子的利爪抓破了他的黑外套，獠牙咬住了他的肩膀。

青年恩田使出全身的力气用双手挡住真豹子的下巴，渐渐地，终于精疲力尽了。真豹子沾满鲜血的獠牙，开始朝着青年恩田的喉咙紧逼。

如果再有一分钟还是那样的状态，青年恩田无疑将告别这个世界。从此社会上将不会发生人形豹胡作非为的事件了。

也许命运注定了青年恩田可以死里逃生，就在他距离鬼门关仅一步之遥的时候，竟出人意料地被死神赶回了人间。

屏住呼吸看得正出神的神谷芳雄，忽然听到震耳欲聋的枪声。霎时间，奇迹发生了。

一缕白烟的下边，真豹子伸长四条腿挣扎了片刻后，就不再动弹了。

九死一生的青年恩田耷拉着脑袋，怎么也爬不起来。

这时，握着手枪的家伙出现在监视孔的前面。原来，开枪打死真豹子的家伙就是关押神谷芳雄的老年恩田。

"是谁打开铁门的？一定是躺在那里的女子吧！"

老年恩田转动着凶光毕露的眼睛，紧盯着倒在铁笼子前的洋子。

"是的，就是她。这个女人企图让豹子咬死我。"青年恩田痛苦地呻吟着，嘴里恶狠狠地说道。

"噢，看来这姑娘是你的敌人吧？可比起她来，对你威胁最大的还是那只可爱的豹子。为了你，我开枪打死了它。可当我举枪的时候，我的内心既难过又遗憾！"

　　他说着便弯腰蹲在了真豹子的尸体前面，直掉眼泪，手不停地抚摸着豹子的背，猛然间站起来大声尖叫："好，卖花姑娘，我一定要折磨得你死去活来！你是我心爱的豹子的敌人！我真想马上就杀了你。"

　　说完，老年恩田的身影不见了。

大　火

　　神谷芳雄虽说全身软绵绵的没有一丁点儿力气，脑袋里一片空白，可唯独眼睛还牢牢地凑在监视孔前。

　　片刻后，野兽模样的青年恩田似乎元气恢复了，一边用舌头来回舔嘴唇，一边摇摇晃晃地站起来。五官挤成一团的浅黑色脸上，浮现出兴奋不已的笑容。

　　他这么笑，也许是老年恩田原谅了他的缘故。

　　可洋子尚未恢复元气，害怕得直打哆嗦，眼睛盯着青年恩田的脸。

青年恩田的眼睛里射出刺眼的蓝光，脚步朝洋子的方向移动……转眼间，眼睛通红的青年恩田歇斯底里地朝洋子扑去。

神谷芳雄的忍耐已经到了极限，不想也不愿再看到这种恐怖的场面。

"啊，啊！"

顿时，他眼冒金星，跌跌撞撞地瘫软在地上。

不一会儿，从隔壁房间里传来洋子断断续续的悲鸣声。渐渐地，隔壁房间连轻微的声音也听不见了。

唉，披着人皮的恩田，最终把可爱的洋子折磨死了。

那以后大约过了很长时间。

不知不觉中，深夜来临了。原来借助射入的光线尚能看清楚的房间，眼下什么也看不见了。

坐在黑暗里的神谷芳雄，不由得思念起惨遭杀害的洋子，禁不住伤心地痛哭起来。突然，他好像觉得有人在叫自己。

同时，如密室一般的牢房里，不知从哪里射来一道红光。于是，他赶紧朝着声音传出的方向摆开架势。

"喂，喂，你哭什么呀？什么事情让你这么伤心呀？"

有说话的声音！转眼间，黑暗里浮现出眼睛和鼻子。是恩田的父亲！就是那个满脸银须的老年恩田！他正站在门外的走廊上，眼睛凑在方形的监视孔上，借助烛光观察着牢房里的情况。

神谷芳雄转过脸来盯着老年恩田的脸，一句话也没说，也不知道怎么回答才好。如果张嘴说话，也许悲伤的心情会导致声音颤抖。

"喂，你那张脸怎么了？"

老年恩田借助烛光，察觉到神谷芳雄的脸上有生气的表情。

"哈哈……一定是这么回事！你大概目睹了刚才的那个过程吧？咦，你是怎么看见的？哦，哦，是呵，板墙上有孔。你肯定是从那里偷看了整个过程。哎，你到底是看见还是没看见？"

神谷芳雄没有吭声。其实，他根本就不愿意回答，那张怒气冲冲的脸表明了一切。

"嗯，你是看见了吧！假如你真看见了，那确实会让你伤心。可遗憾的是，你也不可能从这里出去。如果说我为什么不能放你出去？我就是不解释，你通过刚才的过程也应该明白是怎么回事。

"好，不说这些了，你自己好好地想一想吧！嘻嘻嘻……"

话未说完，监视孔被关闭了，老年恩田走了。霎时间，房间里又回到了刚才的漆黑和宁静。

老年恩田说的意思很清楚。你神谷芳雄既然看见他的儿子青年恩田犯了杀人罪，那你就不可能活着离开这里。

再过一会儿，老年恩田也许会送青年恩田进来，让他像害死洋子那样杀死神谷芳雄；或许是老年恩田亲自开枪，像射死真豹子那样轻而易举地处死神谷芳雄。

即便不这样做，只要像这样被关押着，要不了多久就会被饿死的。

可要想从这里逃走，就得在墙壁上凿开一个大洞。可墙壁如此之厚，牢门如此坚实，手上又没有任何工具，赤手空拳是不可能破壁突围的。

唉，神谷芳雄此举太愚蠢了！就是想救出好友洋子，也不能不考虑一下自己的力量啊，更不能单枪匹马地盲目行动，而且临出发前也没告诉任何人。

像他这样做，既救不出洋子，又得把自己也搭上。遇到这种场合，应该先去报警，让警察包围这里救出洋子。

眼下，再怎么懊悔也已经来不及了。摆在面前的首要的任务，是考虑如何从这密室般的牢房里逃出去，把恩田父子的罪行报告警察，让警察替洋子小姐报仇。

只有这样做，才是告慰洋子最好的办法。倘若神谷芳雄也在这里不明不白地死去，恩田父子的杀人罪行就不可能暴露在光天化日之下，他们将永远地逍遥法外了。

嗯，我决不放过这对父子！一定要让法律严惩他们！好，我一定要设法从这里逃出去！

神谷芳雄沉思着，手不经意地伸入口袋。谁知手就这么一伸，居然计上心来。

"呵，我带火柴了！"

他从口袋里取出火柴数了一下，随后擦着点燃其中一根。于是，黑暗里出现了红色的火光。借助火柴，他看了牢房的所有角落，脑子里的越狱计划渐渐具体化了。

"是的，除了这样做没有其他更好的办法了，孤注一掷试试吧！"

他急忙脱起了衣服，再把衬衫和短裤等团成手可以握住的大小，再穿上外套，随即又从口袋里掏出笔记本和纸巾之类可以燃烧的东西，再与衬衫一起揉成一团，放到房间最里面的角落。

他一连擦了好几根火柴都没有点燃，擦着擦着，终于有一根火柴被点燃了，于是笔记本和纸被点燃了。

"好！"

神谷芳雄使劲地点头，像疯子那样手舞足蹈着，也许想起了奇怪的事情，居然张大嘴巴狂笑了起来。

"啊哈哈哈……"

神谷芳雄不寒而栗的笑声，顿时响彻住宅的每一个角落。

他不停地笑了好一阵子……终于，门外传来脚步声。当他看见有人打开监视孔朝里看时，赶紧刹车不再笑了，敏捷地躲到门边的角落里，屏住呼吸等着开门。

从监视孔查看牢房情况的，还是老年恩田。当他发现最里面的角落里正吐着红红的火舌时，不由得手忙脚乱，惊慌失措。如果置之不理，火势就有可能烧到木板做的墙壁，继而烧到……

老年恩田连忙打开房门，为了灭火不顾一切地闯入了房间。

"机不可失！"

神谷芳雄见房门被打开，顿时像飞出枪膛的子弹，从老年恩田的腋下窜到走廊上。

"啊！"

老年恩田大声惊叫着。

只见神谷芳雄使出全身的力气关上了房门，随后快速地上了锁。

"好极了！"

真没想到形势会发生逆转，老年恩田反被禁锢在五平方米的狭小牢房里。

神谷芳雄此刻很冷静，对！不能麻痹大意，稍一磨蹭，青年恩田也许会赶来救助？想到人形豹的残忍，他在走廊上狂奔起来，穿过老年恩田的研究室跑出玄关。

在院子里他仍然拼命奔跑，跳到铁门外面后三步并作两步地跑向森林，连滚带爬地穿过森林后来到没有路的草地上。

天空还是那么阴沉，没有星星，只有寒冷的狂风不时地迎面扑来。转过脸回头看去，树林犹如漆黑的巨人，树枝犹如巨人伸展的手臂，似乎要把神谷芳雄拽回老年恩田的牢房。

突然，他发现树林里有光闪烁，心想可能是来自老年恩田的住宅的灯光？转而一想，觉得很有可能是青年恩田的眼睛里射出的蓝光，于是，他不顾一切地奔跑起来。

尽管口干舌燥，心脏仿佛跳到了嗓子眼，但他的心里只有"快跑"的念头。他跑到大路上，一看见路灯和沿街店铺的灯光，赶紧跑到距离最近的糕点铺门口，连招呼也没打就拉开玻璃门，随即瘫软在地面上失去了知觉。

店主立即报告警方，赶到店铺的警察扶起神谷芳雄，问清原因后便让他带路。这时，距离神谷芳雄逃出牢房已经过去很长时间了。

警察们打着手电筒，迅速地赶往恩田别墅。走在前面的神谷芳雄，似乎发现了什么，猛地停住脚步发起愣来。

"怎么了？你是不是发现什么了？"

一个警察见他发愣便吃惊地问道。

警察们也曾听说过恩田父子的情况，本来就有点紧张。

"瞧，快瞧那里！那火到底是怎么回事？"

顺着神谷芳雄说的方向朝树林里望去，恩田别墅像是着火了。

"咦，那不是着火了吗？"

"好像是的。哎！你不是说你出逃时点燃了衬衫吗？肯定是那些东西形成大火了。"

警察们一致认为。

"不是的，那怎么可能！就那么一点点火，老年恩田不费吹灰之力就可扑灭的。再说如果那是大火的起因，整个树林早就变成一片火海了。"

不管怎么说，还得走到现场附近观察情况后才能下结论。于是，大家加快脚步朝那里跑去。

随着与树林之间的距离越来越短，火势也越来越大。当他们来到恩田别墅的跟前时，已经是无法扑灭的熊熊大火了。

黑烟滚滚，火光冲天，所有窗户都窜出暗红的火舌，燃烧的声音和倒塌声此起彼伏。

"嗯，恩田父子为了毁匿证据用火点燃了住宅。眼下，他们肯定已经逃到什么地方躲起来了。"

神谷芳雄嘟哝着说。

一个警察朝来时的路奔跑，去通知消防队前来救火。其余警察在现场周围搜查可疑人物。不用说，恩田父子俩早已逃之夭夭。

无疑，恩田父子见神谷芳雄逃走才下决心的：烧毁住宅，销毁证据。

可，这对如同野兽的恩田父子不可能因此金盆洗手！仅因为失去一头豹子便恼羞成怒，像杀小鸡那样杀害了洋子。如此草菅人命的恩田父子，总有一天还会兴风作浪，残害无辜。

想到这里，神谷芳雄深感恐惧，惶惶不可终日。

出　山

那以后，这对是兽非兽的父子俩消失得无影无踪。无论警察怎么搜寻，都没有找到他们的下落。

随着时间一天天过去，神谷芳雄开始淡忘这件事情。

一天，神谷芳雄接到来自当红歌星江川晴美小姐的电话。她在黑百合咖啡馆唱歌时，得到神谷芳雄的热情帮助，友好关系一直保持到现在。

"神谷，好久不见了！"

"是啊，难得你打来电话！你唱的歌简直让我着迷！我还常常在电台里收听你唱的歌呢！"

"谢谢！不过，我从此不能再唱歌了！"

"为什么呀？喂，你快说呀！到底为什么？哎，你是在哭吗？"

"神谷，有人要对我下毒手。"

"什么？有人要对你下毒手？"

"是的，那家伙肯定要对我下毒手！神谷，你也许听说过像人又像豹子的歹徒吧？就是人形豹！"

"人形豹？"

"是的。我收到人形豹的来信，他说今晚要绑架我。"

"嗯，明白了，我马上就去你那里。哎，你现在在哪里？"

"在大都剧院的后台！我去跟值班人说，让他放你进来。请快点过来！"

江川晴美颤抖的声音在电话那头消失了。

神谷芳雄立刻换上学生装，朝大都剧院跑去。

"谢谢你特意为我而来！"

"神谷，晴美太危险了！该怎么办呢？"

江川晴美的妈妈站在一旁，提心吊胆地问道，一个劲地恳求神谷芳雄。

"对付人形豹，我一个人不是他的对手。这是一个不可想象的怪物。"

神谷芳雄原原本本地说起了自己的经历。

"那，我们该怎么办呢？"

"依我的想法，只有求助于警方。要不然，一旦晴美小姐遭到绑架就什么都完了。还是快报警吧！请警方保护晴美小姐。"

神谷芳雄让他们立即报警，请与自己熟悉的中村警长带警察来剧院。吩咐完毕，他坐在观众中间，坐在观众席最前排的座位上。

他环视整个剧场，发现观众席上坐着众多戴着面具的观众；面具的表情都是笑嘻嘻的。让所有观众在脸上戴面具，是《假面女王》节目的需要。

为此，剧院特意给观众准备了面具。这场戏上演前，剧院广告宣传部大力宣传该节目，引来许多观众。

神谷芳雄无奈，也被迫戴上了丑角面具坐在观众席上。

片刻后，随着舞台幕布朝两边拉开，《假面女王》节目开始登场亮相。

鲜花朵朵的花园布景，扮演成黑白蝴蝶的舞蹈演员们跳起欢快的华尔兹。舞蹈一结束，佩戴着黑色面具的江川晴美登场了，唱起人们熟悉的《华尔兹》。

江川晴美唱完这首最拿手的《华尔兹》，博得全场数千观众的喝彩。这时，江川晴美突然从舞台上消失了。

"咦，怎么回事？是表演魔术？这首歌还没唱完，歌手怎么就不见了呢……难道出什么事了？"

神谷芳雄心跳加速了。

转眼间，台下的观众们议论纷纷，喧闹起来。殊不知，吃惊程度远远超过观众的则是江川晴美本人。

就在她全身心投入演唱的时候，脚底下的地板剧烈摇晃，紧接着出现了正方形的窟窿，突然间她朝着漆黑的洞底掉落。

等到她神志清醒的时候，察觉舞台和观众席都不见了，自己的整个身体则趴在潮湿而又昏暗的地上。

啊，我明白了！有人突然打开了控制舞台的升降开关，使我掉到舞台的地下室了。

谁在开这么无聊的玩笑？简直是恶作剧！

江川晴美明白原委后，顿时瞪大两眼打量起光线暗淡的舞台地下室。果然，她发现了三个黑影。

其中一个黑影如幽灵般地朝她走来，不紧不慢的样子。

啊，是他！是那个在黑暗里眼睛闪烁着蓝光的家伙！听，他那喘气声酷似野兽。无疑，他就是社会上曾经传说的人形豹恩田。

由于江川晴美的保护措施十分严密，人形豹恩田怎么也接近不了她，便采用使其突然掉落的手法绑架了江川晴美。

此刻，他右手上握有手帕无疑，那是用来麻醉江川晴美的东西。

"哇！"

只见人形豹恩田的右手一扬，江川晴美的喉咙深处传出尖叫声。

剧　院

　　舞台中间的升降地面，也就是江川晴美刚才站的地方，眼下黑乎乎的，这里是通向舞台地下室的升降口。这时，从升降口传出的撕心裂肺的悲鸣声，在整个剧场上空回荡，由强渐弱，由近渐远，瞬间消失了。

　　"啊，是晴美小姐？她可能遭暗算了！"

　　坐在观众席最前排的神谷芳雄，赶紧从座位上站起来。

　　舞台上，合唱团的十多个歌手像木偶那样全愣住了，所有伴奏的乐器也停止了。

观众席上，无论是楼上还是楼下，全都站立起来，叫嚷声一浪高过一浪。大家尽管叫嚷，可心里都很明白，舞台上发生了恶性事件。

这时，人形豹像醉汉那样蹿出昏暗的舞台地下室，腋下挟持着因麻醉而昏迷的歌手江川晴美。

舞台地下室有好几个出口，人形豹恩田瞄准的是通往剧场背后的那片空地的走道。他把钱塞到剧务人员的手里，不费吹灰之力地接过了后门的钥匙。

此时，后门外面的空地上停有他手下驾驶的轿车，正在等他带着猎物返回。

他像疯子那样狂奔着，任江川晴美的脚与水泥地面摩擦。就这样，一直来到车门跟前。当他将车门打开五六厘米的缝隙时，突然吃了一惊，赶紧关上了车门。

原来，他发现距离轿车不远的地方有两个警察在巡逻，于是转过身沿着来时的路又狂奔起来。

跑到配电室门前，发现灯光下站着被他收买的剧务人员。

"怎么了？你去哪里？"

"糟了！出不去了，那里有两个巡逻警察。"

"哎呀，这下可麻烦了！哦，不行！有脚步声，有人朝这里来了，好像不是一两个，你快逃吧！"

"我不是在问你吗？应该朝哪里逃呀？"

"我看已经逃不掉了。除舞台后门外，其他地方都是人山人海的。"

"那好，你帮我做一件事，去上面的配电室关掉所有的照明灯，让剧院变成漆黑一片。这样一来，我就可以趁机混入观众中，成功后我给你三倍酬金。"

"行，行，你快朝这边逃，那是去舞台后门的近路。"

剧务人员说完后，三步并作两步地走了。人形豹恩田则挟持着江川晴美，朝那条通往舞台后门的近路跑去。

合唱团的歌手们在舞台上围成一团，全身还在哆嗦着。台下的观众全站立着，嘈杂声像煮沸的开水一样。

"快降幕！快降幕！"

不知从哪里传来的叫喊声。然而不知什么缘故，幕就是降不下来。

忽然，舞台上的灯熄灯了。

"咦，幕还没降下，灯光怎么就熄灭了呢？"

就在大家感到不可思议的时候，舞台上的灯又亮了，而观众席上的灯光熄灭了。

霎时间，舞台背后传来许多人的叫嚷声：

"快开灯，快开灯！"

于是，观众席上的灯亮了。可接下来的一瞬间，整个剧院的灯光像闪电那样不停地闪烁。

刚恢复安静的观众席，此刻又喧闹起来。男人们的叫嚷声，女人们的尖叫声，孩子们的哭泣声，简直像大合唱。

由于惊慌失措，观众们居然都忘了拿下脸上的面具。

不一会儿，令人胆战心惊的灯光终于停止了，取而代之的是长时间的黑暗。这段时间里，观众席上的"大合唱"出现了高潮。霎时间，从走廊到门口的这段距离变得拥挤起来。

一些深感不安的女观众，在黑暗里你推我搡，争先恐后地朝门口挤去。

不一会儿，剧场的灯光又亮了。

亮如白昼的舞台上，站着叉开双腿的怪人，头发蓬乱，脸色浅黑，嘴唇通红，牙齿洁白，身上的黑色西服满是皱纹。

"是他！他是杀害洋子的凶手！也是恫吓江川晴美的罪犯！"

神谷芳雄发疯似的叫嚷，迈开大步冲向了舞台。

"各位观众，这家伙就是臭名昭著的人形豹，银座卖花的姑娘洋子小姐就是他杀害的。"

顿时，人形豹恩田受到神谷芳雄的指认而惊慌失措，在舞台上忽左忽右地奔跑。此刻，他已经暴露而无法混入观众中，好像在选择其它逃跑的方法。

闹 剧

　　陷入窘境的人形豹恩田颤抖着，似乎拿不定主意。不一会儿，他像豹子那样沿着舞台上的柱子爬向天花板。他的爬树动作像猫那样，三两下便消失在天花板上。

　　舞台的天花板上装有各种各样的机关，有控制浅黄色幕布的轨道，有安装着照明灯的搁板，有排水的管道，有使雪纸纷飞的大竹篮……

　　人形豹恩田沿着幕布轨道逃到舞台中央的天花板上，整个身体倒挂在大竹篮上，眼睛里朝着观众射出蓝色的光。

"快来人呐！快一起帮我抓住他！否则，这家伙会杀害江川晴美的！"

神谷芳雄拉大嗓门直嚷嚷。

"哎，你们谁能爬到天花板上？"

巡逻警察大声问道。看来，警察爬不上那么高的地方。

"我去！我去爬对面的梯子，可以不费力地把他拽下来。"

年轻的剧务人员在脑袋上缠上头巾，像猛虎下山那样冲到对面。看模样他是擅长爬高的能手，没几下就爬到人形豹恩田的身边。

猛然间，大竹篮晃动起来。在彩灯地照射下，大竹篮每晃动一次，天花板上便飘下五彩的"雪花"，舞台上出现了"雪花"漫天飞舞的景象。

从天花板上飘落的不光是雪纸，还有在高潮时使用的金纸带和银纸带。

一条，两条，三条……金银纸带开始是慢慢地从天花板上飘落。可片刻后，几十条乃至几百条的金银纸带朝下面的舞台飘落，宛如大雨一样。

舞台的天花板上，人形豹恩田与剧务人员正在忘我地搏斗。

一会儿，金银纸带和五彩雪纸把舞台堆得厚厚一层。突然，像雨点那样的东西掉落在雪纸上。瞬间，舞台上的纸带和雪纸被染成了鲜红的颜色。

"啊，我们上当了！那是血，血！"

大家被吓得大声嚷嚷。

天花板上，人形豹的爪子撕裂了剧务人员的喉咙，血顺着喉咙处的伤口不停地往外流淌，洒落在舞台上。

突然，年轻的剧务人员从天花板上掉到了地上。

"畜生！"

警察无暇顾及剧务人员的伤情，摆开射击的架势，沿木梯奋不顾身地朝上攀登。

"下来！再不下来就开枪了！"

"砰！"

枪口喷出了火花。

没想到人形豹害怕子弹的威力，倾斜着身体跳到了舞台上。

"听好了！不准动！"

观众们围成一团，涌向人形豹恩田。

舞台上一片混乱，后面的人压在前面的人身上，出现了一座"人山"。

"喂，抓住他！就是他！警察，把他绑起来！"

随着叫喊声，"人山"崩溃了。

出现在大家面前的，是两个被雪纸沾满了脸的男子，脸上都戴着面具。只见一个男子骑在另一个男子身上，按理说被骑在下面的男子应该是人形豹。

"请扯下这家伙的丑角面具！"

原来，骑在上面大声叫嚷的是神谷芳雄。由于自己的双手和人形豹的双手纠缠在一起，他希望边上的观众能拔刀相助。这时，他猛然觉得对方的臂力不是很大，不由得半信半疑起来。

当时，天花板上的人形豹根本没戴丑角面具，而现在被自己抓住的人形豹居然戴着面具。刚才自己是认准人形豹而扑上去的，可眼下根据他的臂力，似乎对方不像是凶悍的人形豹。

"行，我去摘他脸上的面具。"

一个年轻人自告奋勇，跑到地上的人形豹跟前，一把扯下假面具。

"咦，抓错了！这家伙不是人形豹！"

警察们和神谷芳雄脸色铁青，赶紧环视周围。

可周围的剧务人员和合唱团演员，他们的脸上仍然戴着面具。

"各位女士先生，请快摘下脸上的面具！罪犯就混在你们中间，请快摘下！"

神谷芳雄大声嚷道。大家被他这么一提醒，赶紧把手放在面具上。这时，只要撕下面具，混在人群里的人形豹就会暴露。

说时迟那时快，所有照明灯又熄灭了。

原来，人形豹恩田的同伙悄悄地潜入配电室拉下了照明灯的总电闸。

后来灯又亮了，可隔了好一会儿。尽管数千名观众都摘下了自己脸上的面具，可就是没见着人形豹。

追　赶

　　剧场中止了演出，不一会儿，数十个警察赶来了，站在出入口严格检查每一个出去的观众，但最终还是没发现人形豹。

　　观众都走了，警察们便在空荡荡的剧场里展开地毯式搜查。搜查的结果，不但没找到人形豹恩田，也没发现女歌手江川晴美的下落。

　　警察们无可奈何，只得无功而返。接着，舞蹈演员、合唱演员和剧务工作人员也陆陆续续回家了。

　　最后，剧场里还留下七个自以为身强力壮的男子，此外还有江川晴美的母亲和神谷芳雄。他们围坐在后台的榻榻米房间里，分析人形豹恩田和江川晴美的下落。

"我总觉得人形豹恩田还隐藏在剧场里的某个角落。"

"喂，你别吓唬人！他要是还在，多半躲藏在舞台的地下室里。虽然警方认定他逃到了观众席，但我觉得那样的结论不合逻辑。

"因为，他当时没有那样的时间。按我的分析，肯定是从升降口逃到舞台地下室去了。"

"嗯，你的推断也许是正确的？但他如果还在剧场里，那江川晴美在哪里呢？"

"这还用问？当然跟他在一起啊！"

"这么说她还活着？"

没有人能回答这样的提问。

谁都不吭声了，只是胆怯的眼神互相传递着。

"哎，换个话题好吗？"

不知是谁这么说了一句。

这时，坐在角落里的男子用手制止大家别出声。

"嘘……别说话！"

"那是什么声音……听，你们没听见那声音吗？"

声音很轻，似乎是远处传来的女人的悲鸣声。

"咦，那是女人的叫声！"

"嗯，是从哪里传来的？"

性急的年轻人腾地站起来。

"是从舞台的地下室。"

神谷芳雄带头朝舞台的地下室飞跑而去。

昏暗的地下室里，灯光很微弱。大家在地下室找了好几遍，连个人影也没见着。

"咦，有人在哭？哎，你们听见了吗？"

仔细听，确实有哭泣声。这一回，声音来自很近的地方。

"噢，明白了，肯定在这里面！"

神谷芳雄说完，用手指着纸糊的菩萨。这是上个月使用过的道具，用完后一直被扔在地下室里。

大家围住纸糊的菩萨，其中一个男子喊道："是它！"

说完，他猛地推倒纸糊的菩萨。扑通！没有什么重量的纸菩萨倒在地上。

　　"啊！"

　　大家异口同声地惊叫起来，果然是人形豹恩田。只见他站起身来，脚边躺着神情沮丧的江川晴美。

　　"呸，你这魔鬼！"

　　大家分别从前、后、左、右围住了人形豹恩田。此时此刻，他就是三头六臂也休想敌得过这些小伙子。

　　可察觉情况不妙的人形豹恩田，猛地张开大嘴，上前摔倒了第一个扭住他的小伙子，随即快速地向后倒退，转身朝黑暗里跑去。

　　"他逃跑了，快守住出入口！"

　　"谁快去给警方打电话！"

　　大家互相提醒，跟在人形豹恩田身后穷追不舍。

　　"江川晴美小姐，快睁开眼睛！"

　　神谷芳雄和江川晴美的母亲一起，搀扶着江川晴美沿着昏暗的走廊朝前走去，打算返回刚才的榻榻米房间。

"咦，这东西是谁拿到这里来的？"

一只好像用布和棉花制作的大老虎，就在神谷芳雄的脚边。如果刚才不注意，神谷芳雄很有可能被它绊倒在地。

神谷芳雄绕过布老虎继续沿着走廊朝前走，没想到布老虎慢吞吞地抬起脑袋，并晃动起身体来。

如果真是布老虎，按理不可能动弹。既然能动弹，这说明里面肯定有人。不一会儿，布老虎迈起步来，追赶已经走远的神谷芳雄他们。

其实，布老虎的外壳并非用布制作的，而是确确实实的真皮，因此非常逼真。加上四条腿在地上爬着行走，无论从哪个角度看，都会觉得它是真老虎。

神谷芳雄返回刚才的榻榻米房间，就在他给江川晴美盖上被子的那一刻，披着虎皮的怪物正从门口经过，随即趴在鞋柜的旁边。那无精打采的模样，酷似没有生命的布老虎。

片刻后，后台的门外面传来纷乱的响声，紧接着传来敲门声。于是，年轻的剧务人员迅速去开门……

"是谁？如果是警察……"

他大声问，门外传来"我们是警察！"的回答，年轻人便把门打开了。

"怎么？听说你们发现人形豹了？在哪里？快带我们去！"

十多个警察涌进来。

可找遍整个剧场的七个男子，脸上露出无奈的表情："那家伙又不知藏到哪里去了。"

"咦，这里怎么会有老虎？"

眼尖的警察发现鞋柜旁边趴着一只布老虎，开玩笑地说。

"喂，喂，又是谁把它拿到这里来的？嗨，这是布老虎，不会咬人的。"

年轻的剧务人员也开玩笑地答道。

话音刚落，布老虎竟四脚撑地站了起来。

"哈哈哈……你们这些傻瓜！"

不知从哪里传来的嘲笑声。

布老虎一个箭步，飞快地窜出了敞开的后门。

"啊，是他！快，快，快追上去。他就是人形豹！"

一个剧务人员大声提醒。

站在走廊发愣的警察们被他这么一提醒，拔腿朝门口跑去。

剧场外面是黑夜，沐浴着月光的柏油路上，狂奔着一头老虎。

警察们则在后面大声地叫喊，穷追不舍。老虎像飞出去的箭那样越跑越快，在警察的视野里迅速变小，沿着道路转过几个弯后便瞬间消失的无影无踪了。

"哎！是真虎吧。如果是人，就是双手配合双腿也不可能跑那么快？"

威　胁

　　返回公寓的神谷芳雄，把一天的见闻详细地告诉了姐姐神谷久美子。

　　"呵，你是有惊无险，太幸运了！"

　　"哎，我说呀，今后，不光江川晴美，就连你也别麻痹大意。也许你有可能成为歹徒的下一个目标？因此，我劝你别再管这种闲事了。"

　　神谷久美子为弟弟神谷芳雄担心起来。

　　这时传来敲门声，好像有客人来。

　　"这时候会有谁来呢？"

　　神谷久美子放下正在编织的毛衣，打算起身

开门。

"姐姐，我去开门，也许是晴美小姐又遇上什么情况来报信的。"

神谷芳雄拦住姐姐，接过钥匙说道。

"是谁？"

他问。

于是，门外传来粗哑的叫声。

"请开门，出事了！"

来访者接着又说了些什么，可声音非常嘶哑，听不清楚是什么。

"果然是江川晴美遇上事了。"

神谷芳雄打开房门。突然，只听他惊叫一声，随即倒在了地上。

一只老虎，朝着神谷芳雄猛扑过来。奇怪的是，老虎闯入房间后竟然用嘶哑的声音说起话来："神谷，你好像忘了我说话的声音了，喂，仔细回忆一下吧！你不是在银座咖啡馆里听到过这样的声音吗？

"我想，你是永远不会忘记的吧！喂，怎么

不说话？哈哈……你害怕了？害怕说出我的名字吧！"

"你，你是人形豹！"

"嗯，你说对了！我就是人形豹！哎，坐在那里的人是你姐姐吗？"

"哎，你来我这里想干什么？"

"是为了警告你。今天的失败，完全是你的原因。听好了，神谷，希望你不再给我添麻烦。如果你不答应，我会杀了你的姐姐，让她代替江川晴美去死。

"你瞧，你可怜的姐姐正坐在对面的椅子上颤抖喃！听见了吗？神谷，我说，你还是接受我的要求吧！"

"不！我不会接受你无理的要求！"

"什么？你敢不接受？"

突然，人形豹恩田朝神谷芳雄扑去。

砰！突然响起刺耳的枪声。与此同时，神谷久美子身后的窗户玻璃碎掉了。

"啊！"

神谷芳雄惊叫一声，目光迅速地移向房门。门口站着隔壁的大学生，他手上的枪正在冒烟。

这颗子弹既没打中人形豹恩田，也没打中神谷芳雄，而是从神谷久美子的耳边飞向了窗户。

"呜！"

最为吃惊的要数人形豹恩田。只见他纵身一跃，跑向外面的院子里。

"啊！"

神谷芳雄奋不顾身地跑到窗户前朝下俯视，因为神谷芳雄的房间是在公寓二楼，可人形豹恩田根本没把这点高度放在眼里，也不给那人再次射击的机会，跳到地上后一溜烟儿地从院子里消失了。

合 计

那天晚上由于出现了不速之客人形豹恩田，吓得神谷芳雄和神谷久美子姐弟俩一夜没睡好觉。

第二天早晨，神谷芳雄立即去江川晴美家查看，好在什么也没有发生。可喜的是，江川晴美的身体恢复了。

"太好了！我一直在担心人形豹恩田会去你家。"

"神谷，你也觉得恐怖吧。不过，奇怪！他为什么要扮成老虎呢？"

"我到现在也没弄清楚，人形豹恩田究竟是

人是豹还是虎。总之，那家伙是个杀人不眨眼的恶魔。"

"真可怕，希望你别再说了！"

"哦，对不起，对不起，我一不小心就说过头了。瞧，今天多么晴朗，咱俩打网球决胜负好吗？"

"好的，可我不会输给你的。"

江川晴美换上网球运动服，似乎全然忘了人形豹恩田的事。

片刻后，白色网球在院子里飞来飞去。

神谷芳雄打出的球滚到廊子下边，江川晴美追上去弯下腰，不经意地朝廊子下边看了一眼，突然脸色大变。

"神谷，糟了！快！快过来！"

神谷芳雄跑到那里，朝廊子下边看去。

"哇！糟糕！"

他也大声嚷道。

听到神谷芳雄惊慌失措的叫声，江川晴美的妈妈急忙跑过来。

"妈妈，不好了，人形豹恩田躲在廊子下边！"

"什么？是人形豹？"

下面最里边的地方尽管光线暗淡，可那里确实趴着一只老虎。

神谷芳雄摆开迎战架势，朝廊子下边吼道："喂，恩田，滚出来！别装！快出来，今天一定要抓住你。"

神谷芳雄喊了又喊，可人形豹恩田既不搭理也不挪动身体。

难道睡着了？不，不可能！奇怪！哦，也许……

神谷芳雄捡起脚边的一根棍棒，毫不胆怯地直捣人形豹恩田。可是，那家伙没任何反应，而且全身软绵绵的。

"咦，手感告诉我，那好像是一张皮。人形豹恩田一定是脱下虎皮后，把它扔在这里了！好，没危险了，我把虎皮拽出来！"

他把虎皮从廊子下边拽了出来。

"就是这个虎皮，瞧！"

"哎，神谷，那家伙脱下虎皮想干什么？肯定是躲到哪里去了，多半是想等到天黑时再出来。"

江川晴美无不担忧地说。

是啊，江川晴美说得没错。像这样满肚子坏水的歹徒，什么都想得出干得出。

也许他就隐藏在廊子下边的什么地方，或许躲在天花板的夹层里。

神谷芳雄提心吊胆地环视着四周。

突然，他发现了什么！瞧，廊子下边和院子里尽是人形豹恩田的脚印。天没亮的时候，这家伙肯定在这里走来走去，继而留下了令人不寒而栗的脚印。

"神谷，快报警！"

江川晴美的母亲提醒说，神谷芳雄立即给警方打了电话。

不一会儿，中村警长带着部下赶来。他与神谷芳雄是老熟人。警察们从江川晴美家的廊子下边一直搜查到天花板上的夹层，除已经发现的虎皮和脚印外没找到新的线索。显然，人形豹恩田并没有埋伏在江川晴美的住宅里。

警察们只得暂时返回警察局。这时，大都剧场的剧务人员和江川晴美的朋友先后赶来探望。热情的问候声和人来人往的气氛，使江川晴美、她的妈妈和神谷芳雄把刚才的恐怖场面置于脑后了。

　　到了下午，年轻的事务员熊井来了。他擅长柔道，自从江川晴美被人形豹恩田盯上后，便主动承担了接送江川晴美的任务。此刻，热闹的场面已经结束，住宅里就剩下江川晴美母女俩和神谷芳雄。

　　前来探望的人走后，住宅里一下冷清起来。再过片刻后就是黄昏。一旦暮色降临，尤其是进入黑夜的时候，人形豹恩田又将兴风作浪。

　　今晚，这家伙一定会上门寻衅滋事。不，多半不是从外面进来，而是已经埋伏在住宅的某个地方等待时机。

　　江川晴美忧心忡忡，常常是话说到一半时突然停止，侧耳辨别周围的动静。她不停地做着这样的动作，而且脸色十分苍白。

　　"好了，你到底怎么了？又哪里不舒服了？"

　　妈妈担心地问她，只见江川晴美把手指放在嘴唇之间轻声示意，随后说道："别说话，我听见了粗粗的呼吸声！那家伙一定是在天花板上的夹层里。你们说说看，我住哪里安全呢？看来，我应该逃到他找不到的地方居住。"

"晴美小姐，说什么呀？你这是神经过敏了！天花板上的夹层里就是有呼吸声，房间里也不可能听见。别胡思乱想了！他不可能藏在天花板上！"

神谷芳雄嘴上这么说，可心里犯起愁来，江川晴美如果继续住家里也许难以躲过危险。

"最好的办法是，连你居住的地方也要做到绝密。就是说，住到他够不着的地方。可如果选择江川晴美的亲戚或朋友家，要不了多久就会被察觉。唉，我一时还真想不出能帮助我把你藏起来的朋友……"

神谷芳雄说到这里便陷入了沉思。这时，熊井青年说话了："我有好办法了，这还是一个绝对的好办法！要是那样做，晴美小姐就完全可以脱险了！神谷，这你可能没听说过吧？"

熊井青年说到这里压低着嗓音，不动声色地望了一眼天花板。也许，他担心人形豹恩田躲在上面的夹层里。

"我担心在这里说可能会发生意外，还是去热闹的街上边散步边说吧。"

神谷芳雄提议说。

"哦，这主意好！行，让江川晴美的妈妈在家，我们三个人外出合计！"

熊井青年立刻表示赞同，站起身来。

应　聘

离开江川晴美的家，沿着小路走了一百米左右，来到一条热闹非凡的街道上。熊井、神谷芳雄和江川晴美三人，肩并肩地走在人行道上。

"江川晴美小姐，请你扮成出门的农村姑娘行吗？"

熊井青年提出一个令人意想不到的建议。

"那有什么不行的！可是，那能起什么作用？"

"这完全是一个巧合。事情是这样的，有人委托我母亲代他找个农村姑娘，可我母亲到现在还没有找到合适的人选。不过，工作性质与现在不同。"

"你的意思是让我去那人的家里帮忙？"

"没错，这可是一个好办法呀！也是出乎意料的妙计。扮作农村姑娘，去毫无关系的陌生家庭做保姆。怎么样？喂，神谷。"

神谷芳雄听后，也觉得熊井青年说的这招不错。江川晴美如果这样做，确实能避开人形豹恩田的视线。

"有趣！人形豹恩田不会想到江川晴美去当保姆……可是，保姆这工作会外出，我担心迟早会被察觉。"

"是呵，不过，同那家主人商量一下，也许可以减少外出的次数。那幢别墅的防盗措施特别好！住宅周围有很高的水泥围墙，围墙顶端插满了玻璃碎片。据说其主人从不外出，喜欢待在家里。"

"看来，那主人有点怪怪的！年纪一定不小了吧？"

对于熊井的这番介绍，江川晴美感到好奇，忍不住地问道。

"不，主人是个年轻姑娘，由于脸上受过重伤，一直戴着黑色的蒙面罩，不愿意让人看到她真正的模样。

"女主人性格内向，希望有人陪她说说话。家中有一个老管家，因年龄上与她有代沟，总是说不到一块儿。"

"是个有钱人家吧？"

"是的！父亲高梨先生就她这么一个独生女。可惜她的双亲很早就去世了，加上脸上有残疾，至今还是单身贵族。

"像这样的环境，最适合江川晴美小姐躲藏了！"

熊井不光是柔道高手，办法也不少。

"唉，太可怜了！听你这么一说，我很想与那位姑娘聊天，尽量不让她感到孤独。喂，神谷，我决心去高梨家帮忙，你看如何？"

江川晴美深表对这位姑娘的同情，恨不得马上就去她家。

"我也觉得这办法不错，可你一个姑娘家去素不相识的人家帮忙，似乎太胆大了一点。但眼下不那样做，就很难逃出人形豹恩田的视线。在他没有被警方逮捕之前，你还是去那里躲躲吧！"

神谷芳雄也被熊井说得心动了，最终决定同意江川晴美去高梨家。

接着，熊井又说了一些细节。

"我护送晴美小姐去不是不可以，就是担心被人形豹恩田察觉。神谷，你最好也别去送她。因为，人形豹恩田也认识你。

"你如果还是不放心，那我就写封信交给晴美小姐，就说我妈妈帮她找到了保姆，是农村一个好朋友的女儿，请她多多关照。

"晴美小姐呢，扮成农村姑娘带着那封信去就行了。对方需要保姆，这消息是绝对不会有错的。"

三个人商定后回到了江川晴美的家，请求其母亲同意。一开始，熊井的母亲说什么也不同意，可又想不出好办法，加上神谷芳雄在一旁不断地劝说，最后还是点头同意了。

熊井写了一封信交给江川晴美。在神谷芳雄的陪同下，江川晴美穿着平时的衣服离开家，途中在朋友的百货店里化装，装扮成十足的农村姑娘。

"哎呀，太妙了，太妙了，这样的化装肯定不会被认出来。没想到你还是化装高手！"

化装后的江川晴美简直是判若两人。

"好，我就在这里和你分手，你独自一个人从百货店出去后，要以农村姑娘的走路姿势去高梨家。"

"神谷，我还是有点害怕，你说不会出什么事吧。"

"不会的。我一直跟在你身后，直到你进入高梨家后我再回去。以后如果有事别忘了打电话，我会立即去你那里的。"

片刻后，江川晴美走出百货店的大门，一副农村姑娘的装扮，朝着冷清的高梨别墅走去。

面　试

爬完漫长的上坡道，沿着装有邮筒的街角转弯，果然看到了熊井说的那幢戒备森严的别墅。大门两侧立有高大的花岗岩门柱，中间是刻有图案的大铁门。大铁门一直紧闭着。

该从哪里进去呢？江川晴美环视一眼周围，见大门旁边有小门。她寻找了好一会儿才找到门铃，按响门铃后，从院子里传来由远及近的脚步声。

原以为门开了，可等了好一阵子就是不见人，只有门上直径十厘米左右的监视孔盖打开了。从监视孔里，出现一双眼睛并打量着江川晴美。

"喂，我叫吉崎，熊井让我带这封信来你家。"

江川晴美说话时用的是农村姑娘的语调。于是，站在门内侧的老人伸出手接过信，看了以后和蔼可亲地说："我知道了！你是新来的保姆吉崎吧！好，好，请从这里进屋。"

小门开了，银须老人的脸上笑嘻嘻的。这老人大概就是高梨家的老管家吧。昨天，熊井提起过他。

江川晴美跟着老人进门后，沿着碎石铺设的院内小路朝玄关走去。接着，又沿着光线昏暗的走廊转了好几道弯，才来到最里面的欧式客厅。宽敞的住宅里静悄悄的，让人觉得好像只有一个老人居住在这里。

"我一看就知道这信是熊井写的。姑娘，听说你被坏人盯上了。不过，请你放宽心，住在这样的别墅里，无论什么样的坏人也休想进来。

"这家主人的情况，熊井一定向你介绍过了吧。是很年轻的小姐，也是很难交往的病人。我马上带你去见她，只要她点头同意，你就可以住在这里了。"

老管家沿着走廊边走边对江川晴美说着。

"到了，就是这里。小姐在床上躺着呢！另外，你千万别注意她的脸！她是戴着面罩，即便想看也看不清楚，最好还是别正面看她。"

老人说完注意事项后，便轻轻地推开房门。

"小姐，您托熊井的母亲找的农村姑娘来了，请问可以让她进来吗？"

老人彬彬有礼地问道，房间里传出笛子般的回答声。

"进来吧！"

于是，江川晴美跟在老管家的身后走进了房间。

"我躺在床上接待你太失礼了，请原谅！老管家，请她坐在椅子上。"

笛子般的说话声，是从蚊帐里的床上传来的。

"老管家，你把情况详细地对她说一下。"

"吉崎你听好了！如果在这里当保姆，必须承诺不经同意不准离开这幢住宅。怎么样，有这耐心吗？"

"有！"

"其次，不准你对小姐无礼，一切都必须按小姐吩咐的做。"

"行！"

江川晴美不停地点头。

"我很任性，你肯定受不了的，别一口应允。"

躺在床上的小姐，隔着纱帐嘲笑般地补充了一句。

"放心吧！不管什么吩咐我都照办。"

江川晴美恭恭敬敬地答道。

"那好，就收下你吧！你很乖顺，还长着可爱的脸蛋。"

从小姐说话的口气分析，似乎已经喜欢上江川晴美了。

"那，可以决定了……"

"嗯，行，就这样决定吧！多给一点工钱！"

"吉崎，你听到了吧，从今天开始，你就在这里干活了。"

老管家朝着江川晴美说完，又换成彬彬有礼的语气对小姐说："那，小姐，我回房间去了，你需要什么就吩咐她吧！她叫吉崎。"

"好，好，我知道了，你回去吧！"

老管家鞠躬行完礼后，离开了主人的房间。

老管家走后，江川晴美忽然感到很不习惯，不知道该做些什么，只是傻乎乎地站着。

咦，好像有什么事情？看着看着，只见小姐撩起纱帐穿着睡衣就出来了。

小姐给人的感觉是一个怪人，身上的睡衣图案十分艳丽，色彩也很刺眼，可袖子不知道为什么那么长。黑绸的面罩，从脑袋一直戴到脖子。

小姐的个头很高，静悄悄地走到江川晴美的跟前。

"你刚从农村来吗？"

小姐上下打量着江川晴美，接着像笛声那样尖叫着问道。

"是的。"

"你撒谎吧？大都剧场的音乐会上出现过你，难道不是吗？"

江川晴美听小姐这么一说，犹如晴天霹雳，顿时蒙了。原以为这个小姐闭门不出，外面的情况什么也不知道，看来她有一定的眼力。瞧，她一眼就识破了我。

"江川晴美，听见我说话了吗？你的情况我一清二楚！"

不可思议的是，小姐的声调变得跟刚才完全不一样了，高八度的尖叫声瞬间变得又粗又哑。

"对不起，我撒谎了。可这是有原因的，我被坏人盯上了。"

"如果说是坏人，不就是人形豹恩田吗？"

过度的吃惊，使得江川晴美连话也不会说了。

"哈哈哈……晴美小姐，你吃惊了？你确实值得同情，瞧，脸色都变白了，不是吗？其实，你根本不必奇怪！我对你的情况非常了解。"

这确实是男子说话的声音。

江川晴美屏住呼吸，整个身体陡然间像石雕那样僵硬了。

我是不是在做梦？也许……

江川晴美好像意识到了什么，哭丧着脸大声嚷道："你是谁？你是谁？"

"我就是你害怕见到的那个坏人。"

蒙面人扯下了面罩，将他的真实面目暴露了出来。

是他！是人形豹恩田。

江川晴美一见那模样，歇斯底里地尖叫着朝房门那里跑去。

"哈哈哈……江川晴美小姐，别浪费力气，别浪费力气，门已经锁上了！瞧，钥匙还在我的手上呢！要钥匙吗？如果想要，也不是不可以给你。"

露出真容的人形豹恩田，用舌尖来回舔着红红的嘴唇，愉快地放声大笑。

"哇，救命！"

江川晴美大声呼叫。

"哈哈哈……你再怎么叫也是瞎子点灯白费蜡！这里不会有人听见，也不会有人来救你的。放老实点吧，别再叫了！"

人形豹恩田的尖爪猛地伸向江川晴美，像杀害卖花姑娘洋子那样对第二个猎物伸出了毒手……

委 托

这幢别墅的外面，神谷芳雄正沿着围墙踱着步子，一直看到江川晴美进去，但心里还是觉得不踏实，又待了大约半个小时。

这时，他时不时地转到别墅的后面，欲寻找缝隙。转来转去，什么也没找到，于是叫了一辆出租车。

神谷芳雄正要上车的时候，正值别墅里的那出悲剧上演。但悲剧上演的地方仅仅是其中的一个房间，无论江川晴美怎么喊叫，声音也不可能飞出围墙。

也许是第六感觉的缘故，尽管出租车已经驶离别墅，可神谷芳雄的心像七上八下的吊桶，怎么也平静不了。因为，人形豹恩田是无恶不作无孔不入的魔鬼。

再说，神谷芳雄还不曾打听过这幢别墅的情况。要使江川晴美小姐早日恢复正常人的生活，比起东躲西藏，还是尽快抓住人形豹恩田才是上策。

抓住人形豹恩田，还必须把他扔进死牢，否则，不仅江川晴美，恐怕整个社会都难以安宁。

这一想法，神谷芳雄数日前就有过。他觉得，要实现这一想法除求助警方外，还需借助民间侦探的力量。

说到侦探，第一个浮现在他脑海里的便是明智小五郎，他也希望明智小五郎出马。据说，凡是警察解决不了的案件，一到他的手上要不了多长时间就能侦破。

面对人形豹恩田这样的罪犯，不请出像明智小五郎这样富有经验的大侦探，将很难把罪犯绳之以法。

"哦，是不是请你改变一下方向，我想去一下明智小五郎的事务所。"

"是，是私家侦探吗？"

司机脱口问道。

"呵，你也知道他。"

"嗯，当然知道，他是大名鼎鼎的人物。"

"唉，我要是早请他出来就好了！"

"你请他去哪里呀？"

"这事你大概知道，就是制造那起大都剧场事件的罪犯！可恶的人形豹恩田。他死死地盯住江川晴美不放，真伤脑筋。"

"如果明智小五郎出马，就能降服他。"

连出租车司机也说，只要明智小五郎一出马就能擒获恶魔恩田。可我为什么不早些上门委托他呢？神谷芳雄十分后悔，总觉得现在请大侦探出山已经晚了。

明智小五郎的妻子文代年轻貌美，是明智小五郎的助手。他们的家庭生活美满幸福，喜欢侦探和冒险的兴趣也相同。于是，侦探事务所既是工作场所又是家。

　　不高的花岗岩门柱上，挂着"明智侦探事务所"的黄铜招牌。进门后，是一条两边种有茶树的青石板路。沿着这条路直走再转过弯后，便是小巧玲珑的白色房子。

　　按响玄关门铃后，门立刻开了，探出一个长着苹果型脸蛋的青年来。他叫小林芳雄，经历过许多案件，侦查经验和智慧胜过许多成年侦探，是闻名于全国的侦探助手。

　　凑巧明智小五郎没有出门，神谷芳雄被热情地请到会客室里，长这么大还是第一次与大侦探明智小五郎面对面地交谈。

　　这时，明智侦探事务所的门前停着一辆轿车。坐在车里的银须老人，精神矍铄，是高梨家的老管家。

　　神谷芳雄没有察觉到跟踪他的车辆。他在明智侦探事务所门前稍稍犹豫的模样，也没逃过老管家的眼睛。就连神谷芳雄受到明智侦探事务所小林芳雄热情接待的情景，也被他看得一清二楚。

老管家从袋子里取出笔记本，撕下一张纸用铅笔写了几行字："你把这张便条从玄关的门缝里扔进去，不要弄出响声，不要让别人看见。"

　　老管家把便条交给司机吩咐道。

　　客厅里，靠在安乐椅上的明智小五郎，正聚精会神地听神谷芳雄叙述着。神谷芳雄从第一次碰上人形豹恩田开始说，一直说到现在的情况。

　　明智小五郎一边听，一边用右手手指像梳子那样，一遍又一遍地梳理着蓬乱的长发。

　　"人形豹恩田凶狠残暴，神出鬼没，江川晴美可不能有半点闪失。我登门拜访是委托先生出马，请先生侦查人性豹恩田的贼窝与高梨家有什么关系。"

　　神谷芳雄说完，明智小五郎的脸上出现担忧的表情。

　　"叫熊井的青年，就是那个出主意让江川晴美去高梨家的人吗？你知道他住在哪里吗？"

　　明智小五郎提出奇怪的问题。

　　"知道，他住在浅草的千束町。"

　　"你知道他家的电话号码吗？"

"是传呼电话，问一下大都剧场事务所就可以知道。先生，你找熊井青年有事吗？"

"嗯，向他咨询一些情况，等一下告诉你。请你用电话问一下大都剧场！"

明智小五郎指着桌子上的电话，催促神谷芳雄打电话。按明智小五郎的吩咐，神谷芳雄从大都剧场事务所打听到了电话号码。

"电话号码弄清楚了吗？那好，给那里打电话，让传呼电话服务员通知熊井青年听电话！不过，我总觉得他已经把家搬到别处去了。"

大侦探到底在思考什么？自己跟熊井分手，是接近中午的时候。当时，他根本没提起过搬家的事情。

神谷芳雄像喝了迷魂汤一样糊涂起来，立刻拨通传呼电话并通知传呼熊井青年。只听传呼电话服务员答道："是喊熊井听电话吗？对不起，他今天中午刚过不久就搬走了。"

"什么？是真的吗？那，他搬到哪里去了？能告诉我他的新住址吗？"

"新住址的情况我们不清楚。"

神谷芳雄大吃一惊。他早就听说明智小五郎非同一般，可侦探怎么瞬间成了算命先生，对素不相识的熊井青年已经搬家的情况也能预测到。究竟是……奇怪！他为什么能料事如神呢？

"真不可思议！先生，你怎么知道的？"

"详细情况以后再谈。我听完你叙述的情况，便觉得熊井青年的举止十分可疑。现在，我们只有先查看现场。怎么样，一起去好吗？"

明智小五郎心急如焚，命令助手小林芳雄立刻喊来出租车。

"哎，你刚才介绍情况的时候，我中途去了一下厕所。当时，我发现一辆出租车停在门前。还扔下了字条不用说，这便条是罪犯在你进屋以后扔入玄关的。"

明智小五郎说完，拿出一张从笔记本上撕下的纸条给神谷芳雄。那上面的字迹很潦草，是恫吓明智小五郎的内容：明智，神谷芳雄委托的案件，你最好别插手！现在，你和美丽的妻子生活得非常幸福，因此我劝你别冒险。如果你把我的话当耳旁风，危险和不幸将缠住你。届时，你就是后悔也来不及了。

"这大概是人形豹恩田惯用的手段吧。"

神谷芳雄吃惊地看着明智小五郎的脸。

"是的！神谷已经被人形豹恩田的手下盯上了。"

"哦，这上面说的危险和不幸，可能是意味着什么灾难吗？"

"哈哈哈……这你就不必担心了！我大致清楚是怎么回事。如果把罪犯的威胁放在心上，我们侦探就没法干了。像这样的恫吓信我早已习惯，什么感觉也没有。"

明智小五郎满不在乎地说。

这时，出租车到了。于是，他俩急匆匆地离开房间。

"小林，你也一起去！这一回打交道的，可能是比较棘手的对手。"

"好，我去。"

小林芳雄爽快地答道。

分　析

"去代代木！"

三个人一起坐在后排的座位上，明智小五郎对司机说了目的地。

"如果是去代代木……"

神谷芳雄只是着急，连首先应该去哪里也忘了。

"当然是去高梨家了！你是从哪里来我家的？是从代代木高梨家直接来我家的吗？刚才不是有人跟踪你到这里的吗？那家伙肯定来自高梨家。"

"高梨家的人跟踪我？"

"是的。你对熊井深信不疑，这不能责怪你。因为，他是江川晴美的保镖。可你别忘了！对手是无孔不入的恶魔，其魔爪可以伸到任何意想不到的地方。

　　"大都剧场的电工，不就是人形豹恩田的帮凶吗？至于熊井是什么时候成为帮凶的，现在还不能断定。假如他不是帮凶，为什么要突然搬家呢？"

　　听到这里，神谷芳雄这才明白明智小五郎在担心什么。

　　"照这么说，人形豹恩田的魔爪已经伸到高梨家……"

　　"是的，不去实地查看是难以搞清楚的。可第六感觉已经告诉我，那别墅可疑。你刚才说，高梨家的主人是小姐，脸上有伤残，戴着蒙面罩。"

　　"什么？这么说，那小姐……"

　　"是的，但愿这个小姐不是人形豹恩田化装的。"

　　"哦，原来是这么回事。我简直糊涂到了极

点，竟拱手把好端端的江川晴美送入恶魔设下的圈套。"

神谷芳雄气得脸色铁青，直跺双脚。

不一会儿，出租车在代代木高梨家的附近停下。三个人赶紧下车，明智小五郎对小林芳雄说："你埋伏在大门附近，等我们十分钟。我们进去后，如果十分钟后没有出来，你就跑步去附近的警局报警，请他们立即派人包围这里，救我们出来。记住了吗？"

"是！记住了！"

"这种情况一般不可能发生，只是预防万一。"

明智小五郎和神谷芳雄来到高梨家大门的前面，见小门呈半开的状态，便大胆穿过小门，按响了玄关门铃。

可不管怎么按铃就是没有回音，于是用手推了一下，门开了。

"对不起，屋里有人吗？"

不管怎么叫喊，就是不见有人出来迎接。

"神谷，我们也许晚了一步？"

明智小五郎转过脸看了一眼神谷芳雄，表情严肃。

"那，江川晴美呢？"

"嗯，我们先进屋再说吧！"

明智小五郎从口袋里掏出微型手枪。

光线暗淡的别墅已经人去楼空。

"果然不出我所料！是的，这幢别墅从一开始就是空的。人形豹恩田租了这幢空别墅后，只是在需要使用的房间里摆放了家具。"

明智小五郎和神谷芳雄走进长廊最里面的那个房间。

"啊！"

他俩走到门口时顿时傻眼了，呆若木鸡地愣在那里。

地上躺着一具尸体。经过辨认，正是歌手江川晴美。

桌子上有一张纸条，上面写有几行铅笔字，字迹潦草，内容如下："神谷，你太轻率了！倘若你不委托明智小五郎，也许就不会发生眼前的惨案。再者，明智小五郎如果注意到插手带来的后果，江川晴美也不至于变成这般模样。明智小五郎既然决定对着干，那就请他等着我给他准备的高级礼物。"

木　箱

那天晚报的头版头条上，刊登了这则凶杀案，整个日本为之震惊，人们惶惶不可终日。被杀害的，是当今正走红的年轻歌手江川晴美，制造这起凶杀案的凶手，是人形豹恩田。

关于明智小五郎已经接受侦查委托的报道，人们给予了很高的评价。打那以后，无论在街头还是在家里，或是在单位里，只要有两三个人在一起，必然议论这起案件。

数天后，媒体炒作渐渐平静下来。对于人形豹恩田草菅人命的犯罪恶行，神谷芳雄气得咬牙切齿，恨之入骨。洋子和江川晴美都是自己的好朋友，却相继惨死在恶魔恩田的手里。

眼下只有主动出击，早日抓获恶魔，才能替她俩报仇雪恨。想到这里，他再也忍不住了，决定立刻去明智侦探事务所找明智小五郎商量下一步的行动计划。

神谷芳雄匆匆赶到明智侦探事务所，明智小五郎高兴地在客厅接待了他。

"先生，我希望你尽快找到罪犯的贼窝并擒获人形豹恩田。"

"嗯，不用说，我也是那样想的。自打那天查看现场后，我进行了各种形式的排查。你知道吗？凶手主动向我挑战了！我也已经忍不住了。"

"这么说，那家伙给先生送挑战书来了？"

"是的，你瞧这个。"

明智小五郎从口袋里取出一张纸条："明智，我许诺过要给你一份高级礼物。请记住，我一定会尽快兑现诺言。从现在起，我提醒你别粗心大意！你大概还不清楚我究竟给你准备了什么高级礼物吧！那好，我稍稍给你漏一点风吧！那是一份永远让你伤心掉泪的礼物。"

"这张纸条是中午时分扔入玄关的。那个家伙已经在我家周围布下了监视和窃听网络。我俩现在说话的时候，他的爪牙也许正躲在某个角落偷听呢？哈哈哈……"

明智小五郎笑着说，不屑一顾的样子。

"可是，这上面说的礼物会是什么呢？"

"这，我大致已经明白了。你不用担心！我已经做好了充分准备。"

凑巧，夫人文代端茶进来。明智小五郎与夫人文代互相交换了一下眼神，脸上浮现出意味深长的笑容。

霎时间，神谷芳雄好像明白了一切，一定是这么回事！人形豹恩田的第三个猎物，莫非是明智小五郎先生美丽的夫人文代？

"那，那家伙……"

神谷芳雄刚想说出口，但又害怕说出来而紧紧闭上了嘴巴。

"是的！明白了吧！挑战信的内容就是这。"

"啊，如果真是那样……不会出事的！我清楚那家伙使用的具体手段。"

说到这里，文代夫人笑了。

"如果是这样的对手，那太有趣了。我家先生说，他最近好长一段时间没遇上气焰嚣张、手段残忍的对手了。"

神谷芳雄被文代夫人的这番话惊得目瞪口呆，心想明智夫人也太轻敌了。其实，文代夫人曾经作为明智小五郎的助手，在许多案件里立了大功。这一情况，神谷芳雄是一点也不清楚的。

"那家伙还会主动上我家挑战的。再说目前我还没弄清他的贼窝，只能在家等候。"

明智小五郎十分镇定地说。

"大概是什么时候？"

"可能是今天晚上……也有可能已经开始活动了。听，我家的狗好像在不停地吼叫。"

不知不觉中，太阳已经西斜，窗外暗淡下来。这一带是住宅街，显得比较寂寞和冷清。也不知是哪幢住宅，正传出优雅的钢琴声。

这时，健壮的看家狗在大声吼叫。原以为人形豹恩田在大门附近，没想到看门狗突然像飞出枪膛的子弹那样闯入客厅。

"喂，艾丝，你怎么了？"

文代夫人抱起看家狗，可自己的两只手上沾满了鲜血。

看家狗艾丝躺在文代夫人的怀里，叫了几声后倒在了地上。

"怎么了？瞧这伤势！"

文代夫人脸色苍白，眼睛望着明智小五郎的脸。

艾丝身上不可思议的伤痕，不像是野兽的獠牙咬的，而像是锋利的爪子抓的。可以肯定那不是人所为，因为人的手不可能剜得如此之深。

"是那家伙！艾丝是被人形豹恩田的利爪剜的。文代，要小心！"

明智小五郎说完猛地站起身来，敏捷地掏出手枪。外表看上去性格温柔的文代夫人，也心领神会地把枪握在手上。这支枪，不知她刚才藏在了什么地方。

"你藏在客厅里把门锁上，无论如何也不要开门！"

明智小五郎说完后一个箭步窜向门外，小林芳雄像松鼠那样紧随其后。

神谷芳雄不可能一直待着不动，来到玄关外面，察觉明智小五郎和小林芳雄去了后院，便朝大门走去。

他沿着石板路走了五六步后，紧张得再也不敢朝前走了。路两侧的茶树丛里，好像埋伏着可怕的庞然大物。他屏住呼吸朝那里望去，啊，糟了，两道蓝光正笔直地射向他。这是难以从记忆中消失的罪恶之光！

眼睛一触及那两道蓝光，喉咙里猛地发出难以形容的叫嚷声，转过身朝玄关方向狂奔，一边跑，一边回头张望。罪犯好像也慌了神，在茶树丛里跳跃着奔跑，一阵风似的朝大门方向跑去。

"神谷，怎么了？"

听到叫喊声，明智小五郎与小林芳雄返回玄关。

神谷芳雄指着门外，用嘶哑的嗓音嚷道："在那里，在那里。"

他俩箭一般地朝大门外跑去，可不一会儿又回来了。

"什么也没有，一定是你弄错了。"

"没有？我亲眼看到那家伙的，也许还埋伏在那里？马上给警方打电话好吗？"

"不，警察来到这里后，会打乱我的计划。好了，看情况再说，我要思考一下。"

明智小五郎不紧不慢地说完，迅速地朝住宅走去。

就在他刚要跨上玄关门口的台阶时，传来有人进入大门的脚步声。只见两个男子抬着一口两米长的狭长箱子，动作相当敏捷地走进玄关。

"明智先生是住在这里吗？请签个盖印！"

卡车司机打扮的男子粗声粗气地问道。

神谷芳雄见状猛地愣住了。

"咦，这不是棺材吗？"

被抬进来的，是令人作呕的棺材。

可明智小五郎的脸上显得很平静，在司机递来的送货单上盖印后，让他们把讨厌的棺材抬进客厅里。

等到司机和搬运工走后，明智小五郎将客厅的所有百叶窗全部关闭了，还拉上了窗帘，使外面看不到里面的情况，接着用羊角榔头去打开盖子。

铁钉被先后卸下。随着拔钉子的声响，箱盖与主体之间出现了缝隙。从渐渐扩大的缝隙，可以看清楚箱子里的情况。

棺材里到底装什么了？

棺　材

那以后过去一个小时左右，明智侦探事务所的门前停着一辆轿车，有人从漆黑的大门急匆匆地走出去，并上了车。

司机返回驾驶席，按亮车内的灯。这个人是明智小五郎的夫人文代夫人。她把身体隐藏在坐椅靠背的后面，精神看上去十分疲惫。

不管女侦探多么厉害，但外出似乎太冒险了。此刻，人形豹恩田也许正隐藏在附近的黑暗里，如果遭到绑架，那……

事实上，她等于遭到绑架了，人形豹恩田一直埋伏在附近。

片刻后，车启动了。就在这时，只见一个黑影像旋风那样扑上了轿车。这个黑影好像早就在等待这一时机，眼下正趴在后车厢盖上。无疑，黑影是人形豹恩田。

但他不可能一直趴在后车厢盖上，片刻后，车肯定要驶入明亮的大街，还会从警察局门前经过。如果这样行驶，文代夫人就能得救。

可不知为什么，轿车似乎故意选择偏僻的路，朝着远离城市的方向急驶。

不一会儿，车停在神社前面的广场上，周围是密密麻麻的大树。

车停在这里，岂不是让人形豹恩田有机可乘吗？

只见人性豹恩田像灵活的猴子一样跳到了地上，冷不防地打开后车门，吼叫着窜入车里。

座椅背后的角落里，美丽的文代夫人正神情沮丧地坐着。人形豹恩田张开大嘴朝文代夫人的身上咬去。

可奇怪的是，文代夫人不但没有大声叫喊，就连身体也丝毫没有动弹。咦，她受到惊吓而气绝身亡了？

人形豹恩田伸出双手，抓住文代夫人的喉咙部位。这时，他也许被什么东西给吓了一跳，把文代夫人的身体拽到车外，怒气冲冲地朝着地面摔去。

"畜生！畜生！明智小五郎居然骗到我的头上！"

人形豹恩田生气了。因为，他朝着地面摔打的是文代夫人的蜡像替身。

啊，刚才被司机和搬运工搬入明智侦探事务所的那只棺材里，放的居然是文代夫人的蜡像替身。

大侦探明智小五郎估计人形豹恩田会前来偷袭，绑架夫人文代，于是在中午时分预订了蜡像。他的调包计，获得了圆满成功。

让文代的蜡像坐出租车外出，也是出乎人形豹恩田意料之外的绝招。

"嘿嘿嘿……你辛苦了！"

从人形豹恩田的背后，冷不防地窜出一个黑

影，主动朝他搭讪。

人形豹恩田惊愕得转过头看去。

"哦，你是司机吧？"

"是的，就是驾驶这辆车的司机！"

司机镇定自若地答道。

"你不怕我吗？"

人形豹恩田压低着嗓门欲吓唬对方。

"嘿嘿……怕的应该是你吧。喂，仔细看我的脸！你以为我是谁？"

司机摘下压在眉梢的鸭舌帽，猛地把脑袋伸到窗外让人形豹恩田看。

人形豹恩田的身体颤抖了一下。

驾驶席上，坐着一个与自己模样几乎相同的人形豹恩田。脸色浅黑，脸颊消瘦，头发蓬乱，嘴唇鲜红，野兽般的白色獠牙裸露在嘴唇之间，身上的黑色西装布满皱痕。

粗看，这个司机从头到脚跟人形豹恩田十分相似。

两张一模一样的脸，露出獠牙互相怒视着。

渐渐地，人形豹恩田的脸上浮现出恐惧的神色。

"你到底是谁？"

他用颤抖的声音问道。

"我是你的孪生兄弟。"

"别胡说！你究竟是谁？"

人形豹恩田为安抚自己紧张的情绪，半晌没有说话。突然，他大声吼道："哼！我明白了，我明白了，你是明智小五郎吧？"

"哈哈哈……你总算说对了！完全正确！这世上能让你碰壁的，除了我没第二个人！

"哎，我想问你，我的化装术怎样啊？不管谁看了我这张脸和外表，都会把我说成人形豹恩田的吧！我这样的化装，或许还能蒙骗你的父亲。"

"什么，你说我父亲？"

"是的，我是在说你的父亲！光抓你不够，一定要把你们父子俩捆在一起送到警察局。"

"就你一个人，抓我？"

如果比试力量，人形豹恩田持有十倍于他的力量，明智小五郎绝对不是他的对手。

"什么？我怎么可能是一个人呢？"

"那，这么说……附近还埋伏着你的手下？"

人形豹恩田的脸上露出恶狠狠的表情，猛地张开双臂朝明智小五郎扑去。

"喂，你这样做是自找麻烦，快举起手来！"

明智小五郎眼疾手快，抢先掏出手枪。人形豹恩田见状，只得乖乖举起双手。可他的眼神似乎在说，只要一有机会我还会朝你猛扑的。

"各位，可以出来了，快把这个家伙给绑起来戴上手铐！"

随着明智小五郎的叫唤，黑暗的树林里跑出四五个警察。霎时间，人形豹恩田被五花大绑了。

"嗯，这家伙就交给你们警方了，我还得继续去找另一个罪犯。"

明智小五郎把枪放回口袋，平静地说。

警察们把人形豹恩田推上车，其中一个警察跳上驾驶席启动了车辆，沿着来时的路朝警察局驶去。

化 装

一个小时过后，明智侦探事务所门前的昏暗道路上，有一个男子在徘徊着。

仔细打量他那张时而抬起的脸，与可恶的人形豹恩田十分相似。不用说，他是明智小五郎化装的。可是，他为什么要化装成这模样在自家的门口徘徊呢？

呵，我的估计不会错吧！应该是来的时候了！混蛋儿子不回家，老头肯定睡不着觉，一定会来这里寻找恩田。

明智小五郎一边这么思考，一边在黑暗里四处张望。

　　化装成人形豹恩田，其目的是引诱老年恩田来这里寻找。借助夜色的掩护，老年恩田不太可能察觉到明智小五郎是假人形豹恩田。

　　对于自己的化装术，明智小五郎非常自信。正在这时，他隐隐约约地听到房间里有电话铃声。

　　"咦，好像谁打电话来了？现在这个时候会有谁打电话呢？"

　　确实是家里的电话铃声在响。

　　"文代应该在二楼的客厅里，门是锁的。按理说，小林应该接电话。他俩都不接电话，大概有什么急事吧？"

　　他琢磨了一下，觉得不能回家接听电话，万一老年恩田出现可就糟了。

　　明智小五郎眉头紧锁。也许他的第六感觉告诉他不听电话是对的？

　　凑巧这时，身着破衣烂衫、光着脚丫子的叫花子，从黑暗里径直走到了明智小五郎的跟前，递给他一张纸条。

纸条上写道："跟送信人一起回家,有急事商量。"

明智小五郎看了纸条后心里立刻明白了。呵,这老家伙终于上钩了。

"我没弄错你叫恩田吧?"

叫花子慎重地问道。

"嗯,这还有错!喂,我父亲现在在哪里?"

"在芝浦!"

嗯,看来老家伙的老巢在芝浦一带。

"好远呐!你是从那里步行来的吗?"

"是的,好了,我们出发吧!"

"我不喜欢走路。怎么样,还是叫辆出租车去吧!"

明智小五郎走到路边叫停了一辆出租车,和叫花子上车朝芝浦方向出发。

"哎,托你送信的人是我父亲吧?说说他的模样?"

"嗯,他是个和蔼的老头,给了我许多小费!长得满脸银须,虽说脸庞消瘦但目光锐利,他说在铁管大杂院那里等你。"

"铁管大杂院？"

"是的呀，你不知道吗？银须老头经常去铁管
大杂院，就是叫花子们一起栖居的大铁管里。"

这么说，恩田父子把那大铁管当作临时贼窝
了？明智小五郎心里在想。

突然，出租车停了。

"你们去哪里？这前面没有路了。"

司机气急败坏地吼叫。

"就这里，到这里就行了。"

明智小五郎从袋子里掏出一张一千元的纸币，
按照计价表上显示的金额支付后，遮着脸先下了车。

"好了，快带路！"

周围是一望无际的黑暗，领路的男子不愧是叫
花子，习惯在黑夜里行走，在漆黑的道路上走得很
快。随着视线逐渐适应黑夜，周围的情景慢慢变得
清晰起来。

"就在这里！我现在就去找你的父亲。"

果然，这一带排列着许多大铁管，黑压压的，

一眼望不到边。

"喂，大叔？我回来了！"

叫花子大声嚷嚷着，霎时间周围也响起了叫喊声。

"讨厌！"

"小声点！"

大铁管里竟然躺着许多人。

可带路的叫花子并不在意，又大声喊道："喂，大叔，你在哪里呀？"

这时，不知从哪个大铁管里传出轻微的回答声。

"好像是在大铁管的深处。"

叫花子说完，一猫腰钻入了边上的一根大铁管里。

明智小五郎无可奈何地弯着腰，跟着叫花子朝里爬去。霎时，难闻的气味扑鼻而来。

穿过一根大铁管，眼前出现了另一根大铁管的管口……就这样，一连钻了好几根大铁管。可中途发生了意想不到的事情，那个带路的叫花子不知什么时候从明智小五郎的视线里消失了。

"喂，你在哪里？"

他大声呼喊。可声音只在自己所在的大铁管里回荡，没有叫花子的回音。

"糟糕，糟糕！早知道这样，应该问一下他的姓名就好了。那家伙可能不知道是在叫他。

大侦探明智小五郎万万没想到，铁管大杂院居然是这么回事。钻入黑暗的大铁管里的他，一时六神无主了。

无奈之下，他只得仔细倾听，不知从哪里传来呼噜声，看来大铁管里不是没有人，而是无法分辨方向。大铁管，是横一根竖一根地互相连在一起。

继续在这样的大铁管里爬行，要不了多久就会迷失方向，而且一时三刻是出不去的。于是，他试着伸出脑袋打量着周围。让他吃惊的是，四面八方全是大铁管，犹如铁管的大海。

看来，还是盯着一个方向朝前爬吧！他做出这样的决定后，又爬了好一会儿，猛然间觉得周围有嘈杂声，还有说话声。嗯，可能有情况，他赶紧屏住了呼吸。于是，听到了清楚的说话声。

"喂，人形豹恩田就在这根铁管里！"

"什么？人形豹恩田？"

"你不知道？就是最近传得沸沸扬扬、闹得人心惶惶的人形豹恩田呀！说他是人吧，身材像人；说他是野兽吧，动作像野兽。反正，不清楚他究竟是怎么回事。哎，你忘了，他就是杀害歌星江川晴美的凶手！"

议论声不停地传到明智小五郎的耳朵里。

咦，奇怪！如果是杀害江川晴美的人形豹恩田，不是已经被我抓住交给警方了吗？这时，怎么会出现人形豹呢？

由于迷路而晕头转向的明智小五郎，一时无法理解这些议论的真正含义。

这时，大铁管里的嘈杂声越来越响。

"喂，大家都快起来！人形豹逃到我们铁管大杂院里来了！"

"他是杀人犯！"

这样的吼叫声，在大铁管里不停地发出剧烈的回声。

明智小五郎终于明白了自己的可怕处境。

"糟糕！人形豹恩田没有第二个，可自己这身打扮被当作人形豹恩田了。如果有人记得人形豹恩田的脸，自己无疑会被对号入座视作人形豹恩田。这下可好，弄巧成拙，竟然发生了天大的误会。"

突　围

　　明智小五郎慌张起来，打算弄掉脸上的油性颜料。可大铁管里没有水，无法弄掉颜料。眼下只有放弃抓老年恩田的念头，三十六计走为上策。

　　为避开人群，他拼命地朝前爬，穿过一根又一根大铁管。猛然间，在铁管里与对面过来的人撞上了。

　　"哎哟，好疼，是谁？"

　　与明智小五郎撞在一起的男子，大声呻吟着。

　　"喂，大家快来呀！他在这里！人形豹恩田在这里！"

一听这叫声，明智小五郎不由分说，立刻朝相反的方向爬起来。

"逃走了，逃走了，三郎，人形豹恩田朝你那儿逃走了，快抓住他！"

就这样，明智小五郎漫无目标地在大铁管里被追得爬来爬去，从这一根爬到那一根，像玩捉迷藏游戏那样不顾一切地逃跑。

快逃！快逃！身上已经大汗淋漓了，可他仍然马不停蹄地继续逃跑着。

明智小五郎像这样狼狈逃跑，自打娘胎里出来还是头一回。

快逃！要不停地往前爬！突然，他好像察觉到了什么，啊！我得救了！眼前什么障碍物也没有，是一片空地。

他松了一口气慢慢地爬出大铁管，可就在这时耳边传来呐喊声。

"哇！"

他立即抬起头来环视四周，原以为得救的想法是大错特错的。叫花子们抢先赶到了明智小五郎的前面，正手持棍棒等着他出现。

糟了？怎么办？叫花子们的这种举动不是一时兴起，好像有人在背后操纵。啊，也许……

明智小五郎重新钻回昏暗的大铁管里，突然想起什么来。看来，老年恩田多半察觉出自己不是真儿子，便蒙骗不明真相的叫花子们追赶自己。

呵，太有趣了！如果真是这样，我完全没必要害怕叫花子们的追赶。

明智小五郎勇气倍增。

他不再逃跑，而是趴在大铁管里，用耳朵辨别从后面走来的脚步声。

来了，来了，传来气喘吁吁的声音，还传来敲打大铁管的声音。根据声音，好像有两三个叫花子。

"喂，人形豹恩田确实是朝这里逃跑的。"

"没关系，一直追上去。"

跑在头里的叫花子大步走起来。当走到距离明智小五郎一米左右的时候，察觉到了明智小五郎的黑影。

"谁？谁在那里？"

喊话的声音有点哆嗦。

明智小五郎没有吱声，右手握紧拳头瞄准对方的胸膛。

"不回答吗？看来，就是你了！喂，快过来！"

黑影像旋风那样猛扑过来。

早已等得不耐烦的明智小五郎，猛地打向对方的胸脯。咚！挥拳声在黑暗里显得非常清晰。

"喂，被我抓住了，人形豹！快过来帮我把他抓起来！"

喊叫的，是明智小五郎本人。

"好，这里由我把守，你快去把大家喊来。"

明智小五郎听到这句话后，灵机一动，赶紧将倒在地上早已头晕目眩的叫花子交给后面跑来的叫花子，自己逃到大铁管的外边。

"喂，抓住了哟！抓住人形豹了哟！"

明智小五郎这么一叫喊，聚集在空地上的叫花子们叫嚷着涌入大铁管里。

成功了！快跑！

明智小五郎暗自喊着，横着穿过空地，朝着亮着灯光的街道跑去。

　　在叫花子中间，即便有人记得人形豹恩田的模样，但在黑灯瞎火的夜晚也不可能看清楚。

　　真正知道明智小五郎在大铁管里的，理应是那个受老年恩田委托给明智小五郎当向导的叫花子。

　　但是，老年恩田也好，向导叫花子也好，不可能指使叫花子们抓自己的儿子。还有一点可疑的是，老年恩田让叫花子通知儿子来这里汇合，而自己则不露面。明明知道儿子被前堵后追，居然却不前来救助。

　　不过，如果老年恩田知道明智小五郎化装成自己的儿子，那……

　　也许是这么回事？这么一思索，所有的谜则迎刃而解了。老年恩田这一招着实厉害！指使叫花子们追杀扮成人形豹恩田的明智小五郎。

　　但是，老年恩田未曾跟我打过照面，怎么能一眼识破我的化装呢？

　　明智小五郎猛地恍然大悟。

"哦，看来……看来，我犯大错了。可要真是那样，还真不能低估人形豹恩田的智慧！这个恶魔！"

大侦探明智小五郎想到这里，禁不住打了一个寒噤。

"也许已经来不及了？不过，就是来不及也要尽快赶回事务所。"

明智小五郎在黑暗里奔跑起来。

宽阔的水泥桥那边是住宅街，十字路口的转弯角上有公共电话亭。明智小五郎跑到门前，一把推开玻璃门抓起电话听筒赶紧拨号。

如　愿

话说明智侦探事务所。就在明智小五郎化装成人形豹恩田，把文代夫人的蜡像装上车出发后不久，神谷芳雄回来了。当时，事务所里有文代夫人和青年助手小林芳雄等。

文代夫人回到二楼卧室关上了房门，随后在内侧上了锁。她这样做是防止万一。

按理说，明智小五郎的大胆诱敌计策应该会成功。今晚，不光人形豹恩田，就连他父亲老年恩田也会被抓获。通常，急于求成的结果往往是不成功的。文代夫人向来不怀疑丈夫明智小五郎的智慧，但唯独今晚她犹如热锅上的蚂蚁一样焦躁不安。

夜里十点左右的时候，电话铃响了。小林芳雄接过电话，电话似乎是从很远的地方打来的，声音轻得听不见，但很像明智小五郎的声音。

"人形豹恩田已经抓住了，你们就放心吧！我现在去抓获他的父亲老年恩田，也许回家要很晚。"

小林芳雄没有问什么，挂断电话去二楼向文代夫人报告电话内容。

可隔了一会儿，又有电话铃响了。当时，明智小五郎正以人形豹恩田的模样在大门前面徘徊，但他没有进屋接听电话。

接着又过去大约一个小时，玄关的铃声响了。深夜了，不可能来客人，多半是先生回来了。于是，小林芳雄朝玄关跑去。

开门前，小林芳雄还小心翼翼地朝着外面问话："是哪一位？"

"是我！我是明智小五郎！你是小林吧？前面是你接的电话吧？"

声音很低，可既然说起了电话情况，肯定是明智先生回来了。于是，小林芳雄把门打开。

"啊！先生！"

小林芳雄不由得吃了一惊。

门外，站着挟持着文代夫人的人形豹恩田。

"怎么了？小林，你被我这身化装吓蒙了吧？"

人形豹恩田笑着说。

"哦，原来是先生化了装？那是蜡像吧？"

"是的，把蜡像放回木箱。等一会儿，我让蜡像商店派人来取。"

明智小五郎把蜡像交给小林芳雄后就上楼去了。

木箱就放在走廊上的转弯角，小林芳雄抱着蜡像朝那里走去。明智小五郎转过身，蹑手蹑脚地朝小林芳雄的背影追去，接着从背后抱住小林芳雄走进边上的房间。

明智小五郎为什么要那样做？奇怪！不一会儿，他又一个人从房间里出来上二楼去了。

"啊呀，太好了，你总算回来了。"

楼梯上，凑巧遇上了文代夫人。

明智小五郎"啊啊"地答道。

"见到小林了吗？"

"嗯，我有事吩咐他去做了。行了，你上来吧！"

"我不喜欢你这化装的模样，快去把脸上的油彩颜料洗干净！"

"现在还不到时候，我有话要对你说。"

文代夫人走进卧室，打算按亮吸顶灯的开关。

"不，别开灯，有台灯的亮度就足够了。"

明智小五郎阻止文代夫人开灯，一屁股坐到扶手椅子上。

"你好像累了？蜡像替身获得成功了吗？"

"嗯，我在驾驶席对着那个家伙，心情要多痛快就多痛快。两个外表相似的人形豹恩田，在黑暗里互相看了好一会儿。"

令人讨厌的人形豹脸上，嘿嘿笑个不停。

"那家伙是不是大吃一惊？"

"嗯，完全傻了！他一看到我手上的枪，手和脚都不敢动了。最后，老老实实地跟着埋伏在那里的警察们去了警察局。"

"那他现在一定是被关押在警察局的地下牢房里吧？"

"你是这么想的吗？"

明智小五郎说话变得奇怪起来。

"不过，那……可情况不是那样。我想对你说的是这个情况。其实，人形豹恩田逃走了！"

"什么？"

文代夫人吃惊地盯着他。

"人形豹恩田被警察五花大绑后，又被警察推着上了警车。那根绑他的绳索对于人形豹来说根本不起作用。他的双臂一使劲，绳索便统统断了。

"警察们见状大吃一惊，吼叫着猛扑了上去。可变成自由人的人形豹恩田，根本就不拿警察当一回事，把他们一个个扔到了警车外面。"

"这么说，人形豹恩田驾车逃走了？"

"是的，那家伙逃走了。"

"那你呢？"

"我吗？你是问明智小五郎当时在哪里？我在树林里把人形豹恩田交给警方后，回到侦探事务所的门前等他的父亲老年恩田自投罗网。"

文代夫人听到这里，脸上露出奇怪的表情，两眼紧盯着眼前的明智小五郎。她总觉得今晚上的明智小五郎像一个陌生人。

"那后来，人形豹恩田驾车去了芝浦！那里是大铁管的堆场。他在那里等候老年恩田，也就是等他的父亲。父子二人在那里见面后，商定让叫花子送信给明智小五郎，也就是送到侦探事务所门口我所在的地方。"

"那你……"

"我当时一直埋伏在门前，觉得老年恩田一定会来。可是，你说奇怪不奇怪？他好像识破了我的计策。因为，我抓人形豹恩田时不小心说漏了嘴。"

这时，文代夫人已经觉得自己的脖子变得僵硬了，连点头也不行了。

"接着，我在向导叫花子的带领下去了芝浦。现在，明智小五郎那家伙可能还在大铁管里，成了叫花子们穷追猛打的瓮中之鳖。叫花子们发现人形豹后，不可能轻轻松松地放他过关的。"

说到这里，他阴险地笑了，"嘿嘿嘿……"

"谁？你是谁？"

文代夫人脸色苍白，望着不可思议的陌生男子。他如果不是明智小五郎，肯定是人形豹恩田。

就在文代夫人沉思的时候，人形豹恩田慢慢吞吞地站起身来，走到她跟前。唉，为什么一直没察觉出来？明智小五郎的眼睛不可能凶光毕露。

文代夫人费了好大劲才慢慢恢复麻木的身体，猛地站起身来，一弯腰从恶魔的腋下穿过，冲到走廊上。

"小林，快来……"

"小林？哦，那个小混蛋？他在房间里。你要喊他吗？我带你去！"

人形豹恩田追上去一把抓住了文代夫人，拽着她走下楼梯。

"好了，你看呀！小林芳雄和女用人都变成这般熊样了！"

他随手推开女用人房间的门，让文代夫人看清楚房间里的情景，只见小林芳雄和女用人都不省人事地躺在地上。

瞧他们的嘴角两边，白色唾沫从嘴里流出来了。不用说，是麻醉剂导致他们昏迷的。

"怎么样？看清楚了吧？对了，对了，当然我不会那样对待你。瞧！这里凑巧有装蜡像的棺材，就请你代替蜡像躺在里面吧！等一下我只要站在二楼朝外面打手势，运输公司的搬运工人就会来搬走这口棺材。

"至于运输人员，不瞒你说都是我的手下。你知道卡车将把为你准备的棺材送到哪里去吗？你猜猜看！不过，到时候你一定会高兴的。"

人形豹恩田神采飞扬，说话时唾沫飞溅。明智小五郎绞尽脑汁制定的计策，结果反被对手将计就计。不用说，人形豹恩田还从来没有这样兴奋过。

人形豹恩田突然使劲，将文代夫人推倒在棺材里，从袋子里取出沾有麻醉剂的手帕，一把捂在她的鼻子和嘴上。

人形豹恩田将箱盖盖上后，用绳索捆紧了，接着去通知在外面等候的两个手下，让他们进来抬走木箱。

他朝玄关走去，可刚走了两三步就猛地愣住了，房间里有电话的铃声。

丝 线

　　人形豹恩田聚精会神地听了好一会儿，当确定是电话铃声后便打了一个响舌，朝房间里走去，脸上浮现出得意的笑容。

　　他笔直地走到书房里，拿起电话听筒凑到耳边。

　　"喂，喂，是我哟！你是谁？是小林吗？"

　　无疑，是明智小五郎打来的电话。

　　"喂，喂，你不是小林吗？我有急事，你磨磨蹭蹭地干什么？"

　　此刻，明智小五郎着急的模样好像浮现在人形豹恩田的眼前。

"喂，喂，小林现在不太方便，但是……"

人形豹恩田模仿别人的声音答道，满脸喜不自禁的表情。

"你不是小林，那你是谁？"

"是我，你应该知道，而且应该知道得很清楚……"

"你是谁？还有谁在我家里？"

没想到明智小五郎似乎还没有察觉到，接电话的是人形豹恩田。

"一个也没有。"

"咦，你说什么？都这么晚了，家里一个人也没有吗？"

"是这样的。小林在蒙头睡大觉，不管怎么喊也起不来。夫人她睡在放蜡像的木箱里出不来。"

好像是大吃一惊的缘故，明智小五郎的声音突然中断了。

"喂，喂，你怎么了？你是明智先生吧！"

人形豹恩田得意忘形到了极点。

"哈哈哈……你是人形豹恩田吧！我还以为是

谁呢？要真是恩田，那就太好了。怎么，你的计划实施得很顺利吗？"

霎时间，明智小五郎的声音变得明朗起来。

"了不起！不愧是明智小五郎！遇事一点也不紧张！可是，你明白吗？我尽管被你抓住了，可为什么会出现在这里接你的电话？"

"原因我当然清楚，除了麻痹大意外，日本的警察与野兽那样的家伙打交道。托你的福，我也白走了一遭。"

"嗯，可你居然还活着？在芝浦那里吃了不少苦吧！"

"吃苦的不是我，而是叫花子！我只是站在边上观看他们表演。哈哈哈……"

"这么说，你逃走了！我俩都平安无事地突出重围，真是太幸运了！嘿嘿嘿……"

人形豹恩田和大侦探在电话里交谈着，还不约而同地大笑起来。

"根据你打来的电话，估计你大概是在芝浦附近的公共电话亭吧！"

"是的，我是在芝浦的公共电话亭里打的。"

"嘻嘻嘻……我太高兴了！你现在像没了脑袋的苍蝇。你那副傻样，就在浮现我的眼前。现在，你即便喊出租车过来，就是车速再快也至少需要二十分钟。

"如果打电话报警，警察赶到这里至少也要十来分钟。而我呢，只要二十几秒钟就可以与你拜拜。因为，我离开贵府的准备工作都已经结束了。"

"……"。

"你的助手侦探，还在呼呼睡大觉呢！至于你那美丽的夫人，已经被我装在木箱里。嘿，我的卡车正在门口等候出发呢！

"你现在该知道我的超常智慧了吧……嘻嘻嘻……怎么，还嘴硬！你在那么远的地方就是喊破嗓子也起不了任何作用！"

"喂，人形豹恩田，你知道我为什么如此镇定吗？你可能不知道我在想什么，难道你真不害怕？"

"畜生！你在打电话前肯定做了手脚？是通知警察了？"

"哈哈哈……怎么？你还不怕？嗯，可能通知警察了？也可能是其他什么？总之，你已经上了我的圈套！哈哈哈……"

"住嘴！住嘴！你别打肿脸充胖子！"

"你还是耐心听我说吧！你再怒火冲天也是白搭。我呢，在跟你用电话愉快聊天的时候，就已经掌握你们父子的贼窝的所在地了。我依靠的，就是那黑色丝线，当然是肉眼看不见的丝线。

"它像蜘蛛吐出的丝那样缠住你的身体，而且缠得你不能动弹。不管你去哪里，黑色丝线会一直缠着你跟着你。"

人形豹恩田听到这里，转动着身体打量着周围。但是，这里不可能有黑色丝线。

"明智小五郎，你信口开河说些什么呀！好了，再见！顺便告诉你一声，你的那位美人老婆被我领走了。"

"喂，再等一下！哈哈哈……你慌什么呀！我呢，还有话要说，哈哈哈，而且有许多话要说！哈哈哈……"

咔嚓！电话被挂断了。即便这样，耳边还是回荡着大侦探明智小五郎讽刺的笑声。

人形豹恩田的目光，又闪烁起来。他来到走廊上，好像看到一个黑影瞬间消失在走廊的尽头。

像人又不像人，好像是大蝙蝠贴着走廊的地面飞走了。

顿时，人形豹恩田慌了神，觉得周围好像有黑压压的警察。

他赶紧跑到玄关那里，轻轻将门推开一条缝，瞪大眼睛打量外面的黑暗。茶树丛里，门前的路上，什么可疑的东西也没发现。于是，他吹了两声口哨。

不一会儿，从大门边上闪出两个黑影，飞快跑来。他们身上是搬运工的装束。

"大门口有可疑情况吗？发现什么人了吗？"

"嗯，连一只猫也没发现。"

一个男子轻声答道。

"哎，刚才不是遇上什么了吗？"

"傻瓜，那是你的想象！"

"喂，你俩叽叽喳喳地说什么？是不是遇上什么了？"

人形豹恩田训了他俩。于是，其中一个男子紧张地朝周围张望了一下，说出了刚才看见的怪现象。

"好像有一个黑影，在卡车周围转来转去。"

"那怎么可能！快搬木箱装车！就在走廊上，有点重。"

人形豹恩田走在前面，朝木箱走去。

"就是这！不要粗手粗脚的，里面装有贵重物品。"

"简直像棺材。"

"是装蜡像的木箱，里面放有重要的蜡像。好了，快搬！"

"原来是这么回事！还真有点重呢！"

趁两个男子把木箱抬起来的时候，人形豹恩田偷偷地看了一眼房间，见里面没有丝毫变化，小林芳雄等人睡得正香。小林芳雄搬来的酷似文代夫人的蜡像，也躺在房间的地面上。

接着，人形豹恩田朝大门外走去。黑暗里，熄灭车灯的卡车正停在那里。

两个男子把木箱抬到车上后，坐到了驾驶席上，人形豹恩田则与木箱一起待在车厢里。汽车引擎发动后，卡车呼地离开明智侦探事务所的门前。

隔了一会儿，匆匆赶来的警察们还是没能赶上卡车。

令人形豹恩田及其手下担心的，是那个在走廊上和卡车周围转来转去的可疑黑影。可卡车离开了那里，人形豹恩田觉得黑影再有能耐也起不了作用。

不过，他担心黑影悬挂在卡车下边的底盘上。于是，他在途中小心翼翼地检查起卡车的周围来。

人形豹恩田总算放心了，觉得自己终于战胜了人称天下第一大侦探的明智小五郎。他坐在摇晃的卡车车厢里，靠着木箱，嘴角露出得意的笑容。

看来，明智小五郎刚才在电话里说的那番话，也许只是吓唬吓唬人形豹恩田而已。不，其实不是那回事。他在电话里说得很清楚，有黑色丝线缠住了人形豹恩田。瞧！黑色丝线正从飞速行驶的卡车底盘垂直地在地面上画线喃，跟着卡车不断地延伸。

然而，坐在车厢里的人形豹恩田是不会清楚这一情况的。他就是再下车检查，也难以分辨出那么纤细的丝线。

一路上，他们选择的都是冷清偏僻的路，在深夜的东京街头上不停地朝北行驶，五分钟，十分钟，二十分钟……一直朝前行驶。

人形豹恩田背靠着木箱，一直也没移动位置。可片刻后，在接近九段一带护城河的时候，眼前出现了意想不到的情景。

只见人形豹恩田在车上弯下腰，手不停地摆弄着什么。

哦，明白了！他等不及了，想尽快看看木箱里的情况。他解开捆绑木箱的绳索，掀开箱盖并朝里看去。

咦，他想干什么？只见他从木箱里抱起昏睡的文代夫人，接着把她挟持在腋里并站起身来。

人形豹恩田耷拉着脑袋，腋下挟持着文代夫人，叉开双腿站在飞驰的卡车上。文代夫人身着白装，人形豹恩田身着黑装，黑夜里白装和黑装分外鲜明。

霎时间，人形豹恩田又现出野性，使劲搋文代夫人的脑袋。于是，文代夫人的脑袋宛如橡皮泥似的开始变长……

紧接着，人形豹恩田拧下文代夫人的脑袋，像扔球那样掷向车外。黑暗里，文代夫人的脑袋像流星那样拖着尾巴在空中飘着。

歇斯底里的人形豹恩田，嘴里喷着白色唾沫，大吼大叫着，吼声在空气中回荡。一会儿，他将文代夫人的身体撕成一块一块的，扔向车外黑暗的护城河里。

警　犬

　　警察局的中村警长睡得正香的时候，被一阵敲门声惊醒。来者是他的好友大侦探明智小五郎，这次来是想请他抓捕人形豹恩田。

　　"什么事？是明智吧？我还以为人形豹闯进我的房间里了呢！"

　　"哦，对不起，我还没来得及卸妆呢！"

　　明智小五郎说道。

　　中村警长从他的叙述中了解到了今晚发生的事情，立刻打电话到警察局，挑选了几个武艺高强的刑侦警察，命令他们立即赶到明智侦探事务所，自己也迅速做好出门的准备，出门后与明智小五郎一起坐上了出租车。

"哎，等一下！你这里有一条狗吧！"

"是的，叫夏罗库。"

"我想借用一下，今天的行动没有它不行。"

"好，那就让它上车一起去。"

按明智小五郎说的，中村警长牵来身材高大的警犬带上了车。

警犬夏罗库一点也不闹，乖顺地趴在中村警长的两膝之间。所谓夏罗库，其意思是指出色的警犬。夏罗库已经配合中村警长立下无数次战功。

"你想让夏罗库立功吗？"

出租车一发动，中村警长就问明智小五郎。

"嗯，这条警犬能否立功，直接关系到我今后的侦探生涯。如果夏罗库一切顺利……哦，那是我担心的。"

不知何故，明智小五郎有点忐忑不安起来。

"在电话里我对人形豹恩田吹嘘了一通，但我心里并没底。如果现实情况能像我说的那样，那么事情就会很顺利……"

"你担心的那……是指谁？"

中村警长压根儿不清楚明智小五郎说话的意思。

"哦，三分钟时间……不，两分钟时间就行了。只要那家伙能坚持两分钟就好了！中村，人屏住呼吸能坚持两分多钟吗？"

"明智，你提了一个怪问题。要说憋住呼吸超过两分钟的人，这世上有不少！比如潜水采海贝的渔家女，也许憋住呼吸可以达到好几个两分钟。但城市里的人很难达到那程度，能有三十秒钟就不得了了！"

"那是我希望的时间值！城里的人如果有能憋住两分多钟的，会怎样呢？也许能在某种场合下起到意想不到的作用。"

"你认识那样的人？"

"嗯，认识。"

说完，明智小五郎低头不语了。中村警长十分清楚明智小五郎的脾气，便放弃了打破砂锅问到底的打算。

不一会儿，车到达明智侦探事务所的门口，他们下车后朝着空荡荡的事务所里走去。

明智小五郎在二楼房间里转了一圈，没发现什么可疑的情况，便朝楼下走来。这时，中村警长去走廊深处的房间检查。在！在！小林芳雄和女用人以及蜡像都躺在地上，睡相各异。

"喂，明智，快过来，快过来！"

中村警长这么一叫喊，明智小五郎赶紧跑过去。

"喂，你瞧，你瞧，躺在地上的是你的夫人吧！夫人没遭到绑架。"

中村警长指着蜡像，以为那是文代夫人。

明智小五郎没去那里，而是弯下腰仔细观察着小林芳雄的脸，似乎在祈祷什么。

正如明智小五郎希望的那样，小林芳雄的眼睛微微睁开一条缝，长眼睫毛背后的眼睛和明智小五郎的眼睛互相对视着。

明智小五郎倘若是平时的打扮，根本不需要对视的时间，一眼就能认出对方。可眼下，明智小五郎没有卸妆，仍然是人形豹恩田的打扮。

“哦，先生！”

小林芳雄终于认出对方是明智小五郎，边喊边从地上站起来。

咦，刚才还昏迷的小林芳雄，怎么突然间苏醒了……

刚才还深感不安的明智小五郎，一看到这情景，脸上瞬间堆满了笑容。

“哦，小林，小林，你干得太漂亮了，太漂亮了。”

明智小五郎一把抱住站起来的小林芳雄，握紧他的手。

“呵，你俩简直就像一对父子！到底高兴什么呀？”

中村警长惊讶得目瞪口呆。

“嗯，果然像我盼望的那样。是呵，我可是从不撒谎的呀！中村，你也应该高兴高兴，文代已经平安无事，抓获人形豹恩田指日可待，夏罗库可没有白来呀！”

“确实值得庆贺。可是，文代夫人平安无事不是明摆着的嘛！她没有被害啊！"

中村警长着急地指着倒在地上的蜡像。

"可是，我一直认为那是蜡像！明智你也是这样对我说的吧。今天晚上，你使用了文代的替身——蜡像，再说那蜡像也躺在地上啊。

"因为，文代夫人被人形豹恩田装入木箱搬到车上带走了。可根据小林刚才的表情分析，我才察觉那果然不是蜡像。小林，我没说错吧？"

他转过身看小林芳雄，小林芳雄笑嘻嘻地频频点头。

奇怪！如果真是这样，那可不合逻辑。人形豹恩田确实是把文代夫人放入木箱装上车带走的。

途中，人形豹恩田还把文代夫人的身体撕成一块一块的，扔到了九段一带的护城河里。可是，文代夫人现在却又复活了。实在让人无法理解。

但躺在地上的，却不是蜡像，而是真正的文代夫人。

文代夫人全身无力，中村警长和明智小五郎把她抬到书房的长沙发上。文代夫人体内的麻醉药的作用还没有完全消失，仍处在昏迷不醒的熟睡状态。他们立即给医院打电话，医生赶来后给文代夫人和女用人服了解药。

眼下最重要的，是必须尽快抓住人形豹恩田。

"明智，我还没弄清楚究竟是怎么回事。是小林的功劳吗？可他……"

"没错，是小林立的大功！他善于领会我的意图，跟我之间可以说是心有灵犀一点通啊！"

"照这么说，小林，你是趁人形豹恩田不注意的时候，把已经放入木箱的文代夫人和蜡像调包了。是吗？"

"是的。不过，如果没有先生和人形间豹恩田通电话，我也无法下手。其实，我一直在等待那样的机会。没想到先生打来了电话，真可谓天赐良机。

"先生设法与恩田长时间地交谈，为我赢得了调包的时间。我听到电话铃声，接着听到先生与人形豹恩田交谈的声音，仿佛接到了先生无声的调包命令。"

小林芳雄年轻的脸上充满了青春的光泽，笑嘻嘻地解释着。

　　"嗯，可我还有不明白的地方。不用说，你也被人形豹恩田强行灌麻醉药了！否则，那家伙是不可能放任你不管的。"

　　"是的，但他不知道我能憋住呼吸坚持很长时间。中村警长，我可以在两分多钟的时间里憋住呼吸不换气。

　　"平日里，先生经常提醒我练习长时间憋住呼吸不换气。因此，即便遇上感冒鼻塞的时候，我照样可以憋住呼吸装作昏迷不醒的模样。"

　　是啊！人形豹恩田根本不会想到小林芳雄具有这样装死的本领，见小林的脑袋耷拉着，以为他被麻醉了。

　　"呵，你还真有一套，佩服，佩服。哈哈，明智，你刚才说的话就是指小林的这个功夫吧？"

　　"是的，我胜败的关键就在这里……哎，小林，还有一件事你应该没忘吧？昼间是白色的，夜间是黑色的。"

"是的，那也干得很成功。不用说，是黑色的。人形豹恩田的手下虽说有所怀疑，但还是没察觉到我设置的机关。"

"中村，我的发明起作用了。"

"嗯，看你的表情，看来是件很有趣的事吧，到底是什么发明？你们说的昼间是白色夜间是黑色，是指什么？"

"是指装在汽车底盘后侧的跟踪器。在人不能直接跟踪的情况下，就采用这种装置了解对手的行踪。

"在装有木馏油的铁罐两侧，安装结实的吊耳，把它挂在汽车底盘的后侧就可以了。铁罐底部有针孔大小的洞，木馏油穿过针孔呈线状滴落，在地上画长线。"

"哦，接下来，让警犬夏罗库闻一闻木馏油的味道，就可以追踪人形豹恩田的行踪了。现在，我明白了你要带夏罗库来这里的作用了！哎，可白色和黑色是意味什么呢？"

"那是说，昼间用白色的木馏油，夜间用黑色的木馏油，这是侦探事务所必须具备的东西。其实，跟踪是一项很艰巨的任务。平日里，我跟文代和小林交谈过，遇紧急情况一定要把这项发明用上去。

"像今晚这种情况，它是最适合的。我想，你也应该表扬小林的机智勇敢和成功的临场发挥。"

"嗨，真羡慕你有这样的弟子，抓住人形豹恩田接听电话的机会，快速地完成调包任务。嗨，让我佩服得五体投地啊……哎，为扩大小林这一战果，我们应该立刻查清人形豹恩田的去向。"

"是的，这需要一辆警车。我们坐警车，让夏罗库警犬在前面带路。"

"嗯，我的部下马上就要到了。"

片刻后，两个武艺高超的刑侦警察坐着警车赶到了。明智小五郎和中村警长坐上警车，夏罗库警犬被套上牵绳后，由坐在副驾驶席上的中村警长牵着。

小林芳雄让夏罗库嗅浸有木馏油的布，目的是让它记住木馏油的味道，沿着木馏油留下的气味找到人形豹恩田的去向。

夏罗库嗅了一阵子似乎记住了木馏油的味道，于是鼻尖擦着地面跑了起来。

"好，出发！"

中村警长向司机发出命令，警车跟在夏罗库身后。

夏罗库时而站住时而奔跑。每遇上夏罗库站住的时候，警车不得不减速。每遇上夏罗库奔跑的时候，警车不得不加速。

夏罗库十分厉害，朝着人形豹恩田逃跑的方向穷追不舍，穿过一条又一条街道。

明智小五郎在电话里与人形豹恩田交谈时，说过有黑色丝线紧紧缠在他的身上。其实，黑色丝线就是指木馏油跟踪器。可见，明智小五郎并不是无中生有。

掩　护

　　夏罗库跟着黑色丝线奔跑着，穿过人形豹恩田经过的街道后，来到九段附近的护城河边。此刻，目光锐利的明智小五郎发现了碎片。

　　"喂，那是什么？快停车！"

　　司机刹住车。中村警长赶紧拽住牵绳，示意夏罗库停止前进。

　　"你们谁带手电筒了吗？"

　　一个警察立即掏出手电筒递上，明智小五郎赶紧跳下车。

　　"果然是这么回事！中村，人形豹恩田途经这一带时打开过箱盖，发觉自己上当后，在这里歇斯底里地发泄了一通。"

明智小五郎一边用手电筒照着地面，一边朝前走。手电筒的光束里，相继出现了蜡像的脑袋、手和脚等。原来，人形豹恩田扔到车外的是蜡像，而不是文代夫人。

"哈哈哈……这家伙，当他明白费了九牛二虎之力弄到的猎物居然是蜡像时，肯定会气得暴跳如雷。瞧！地上到处都是蜡像的碎片，可以想象他的残酷本性。"

明智小五郎说完后返回车里。

"嗯，那家伙也许是垂头丧气回去的，或许还会去你的事务所大闹一次。"

中村警长担心地嘟哝着。

"没关系！我在电话里吓唬过他，他也是担心再次落到警察手里而仓皇逃走的。现在，他以为警察已经来到了我的事务所，他绝对没有去事务所的勇气。

"他为了不暴露自己的行动，一定进行过细致的检查。如果这家伙要回去，至少要停一会儿车。可根据目前的情况来看，没有那样的迹象。"

"那家伙可能打消了杀回马枪的念头……好，那，前进！"

警犬和警车再次出发了。

黑线继续向前延伸……不久，警车来到浅草公园后面的道路上。当他们接近葫芦池时，夏罗库猛然发出奇怪的叫声，叫声非常激烈。

"喂，快瞧！这里有一小摊黑色木馏油，这说明他们的卡车在这里停过一阵子。瞧，好像是朝来的方向返回了？

"咦，夏罗库好像也打算朝来的方向返回。看来，人形豹恩田确实在这里下过车，我们有必要在这里调查一下。"

根据明智小五郎的建议，大家一起下车调查。浅草公园，面积很大。也许，人形豹恩田在这一带寻找过什么？

"这么热闹的场所如果有他们的贼窝，那可就棘手了。"

中村警长说道。

"也许是那样。在东京内，应该说有适合罪犯居住的场所，尤其这里是东京人口和建筑最密集的地方，有住宅楼，有商务楼，有露天商铺，有四通八达的道路。

"如果人形豹恩田一伙选择这里作为大本营，这主意确实妙。就像真豹子与森林之间的关系那样，人形豹一旦混迹于闹市，可就增加了我们追捕他的难度了。"

明智小五郎说。

"要真是那样，说明我们遇上了很难对付的罪犯。别说我们这几号人，即便出动东京的所有警察，也未必能抓到他。"

"先别这么说，等调查后再合计。像这种地方如果有罪犯活动，肯定有人察觉。也许，有行人见过人形豹恩田。"

现在这个时候，不用说，电影院已经散场了，商店也已经打烊。因此，这一带既没有刺眼的灯光，也没有喧闹声。但是，道路上还有相当数量的行人。

他们一边夹杂在行人中间行走，一边搜寻可疑的对象。这时，他们发现路边坐着一个双腿瘫痪的叫花子。

"哦，问一下这个家伙！"

明智小五郎自言自语，朝叫花子走去。

幸亏他还没卸掉人形豹的妆，非常适合向这样的流浪汉打听。

"喂，喂，半个小时前，你有没有见过跟我一样打扮的人经过这里？瞧，就是跟我这模样相同的人。"

明智小五郎叉开腿站在叫花子跟前，叫花子猛地抬起头打量着明智小五郎。从外表看，这个叫花子属于特等残疾，脚根本就不能行走。手上套着草鞋，脸上有好几处已经腐烂的脓疮。

"啊，有，有。刚才，与先生您相同模样的人经过这里，好像是朝那边，朝那边走了。"

"真的吗？你没看错吗？"

"嗯，是真的，我没看错，外表跟先生相似，眼睛里有蓝光。"

"好极了！肯定是那家伙！"

明智小五郎走在头里，朝观音堂方向走去，大家紧随其后。来到那里，他不断地向正在闲逛的流浪汉打听，可没一个能说清楚的，于是在那一带展开了仔细的调查，结果什么收获也没有。

"今晚只能打道回府了！要搜索这么大的公园，必须调集大批警察来这里搜索。可话又说回来，要在闹市里捕捉人形豹恩田，难度是相当大的。"

"嗯，我会尽快报告警察局，商定搜捕方案。好在今晚，我们终于了解到人形豹恩田的据点。就凭这，应该说是不小的收获呀！"

明智小五郎一边跟中村警长说，一边带着两个警察沿着来时的路返回。途中，他发现刚才那个双腿不能行走的叫花子还坐在原地。明智小五郎好像突然想起什么，从衣袋里掏出零钱丢到叫花子跟前，从他跟前经过。

"先生，先生。"

大家听到喊声急忙停住脚步，原来是那个叫花子正在喊他们过去。

"先生，你们掉东西了哟！就是这，这个。"

叫花子套着草鞋的手指着的地方，有一个对折的信封。

"是我掉的吗？"

明智小五郎不可思议地往回走了几步，拾起那封信。

"确实是从先生的口袋里掉落出来的，就是刚才！"

叫花子丑陋的脸上堆满恭维的笑容。

借助路灯打量着信封，上面写有"明智小五郎"五个字。明智小五郎仔细回忆起来，可就是回忆不出是什么时候把这样的信放在袋子里的。

"喂，中村，我们刚才在公园里也许和人形豹恩田擦肩而过了？"

"什么？你是说我们与人形豹……"

"是的，我觉得一定是那么回事。这里光线太暗，回到警车再说，嗯，要认真研究一下这封信。"

借助明亮的车灯，四张脸凑在一起研究起这封信来。信封的材料，是廉价的牛皮纸。信封背面没有寄信人的姓名，信封也没有封口。明智小五郎急忙抽出里面的信纸，上面写有潦草的铅笔字，内容如下："明智，你不愧是大侦探！我好不容易弄到手的猎物，眨眼间却变成了蜡像。还有，你现在居然跟踪我来到这里。你的嗅觉厉害，太厉害了。我正在一个劲地打哆嗦呢，就是因为受到你的惊吓……唉，真可怕！不过，明智，当你看完这封信时的表情，我真想看看呢！你一定在思索，是什么时候，又是谁把这封信放入你口袋的。你能猜得出来吗？明智，我觉得你在侦查方面还需修炼一段时间。好了，不多说了！不久，我们还会见面的。"

"嘿，还真让我大吃一惊呢！看来，刚才在公园里昏暗的地方，人形豹恩田一伙确实在我们眼皮子底下跑了。这不，他还神不知鬼不觉地把信塞入了你的口袋。"

中村警长说完后瞪大了眼睛。

站在一旁的明智小五郎陷入了沉思，好像在回忆什么。

这事太蹊跷了！我怎么会漏过出现在我眼前的敌人呢？那家伙居然还把手插入我的口袋里……不可能，绝对不可能！自己一直保持着高度警惕，如果有可疑的迹象绝不可能逃过我的眼睛……

"等一下，我明白了。"

明智小五郎说道。

"是的，一定是那么回事。喂，中村，我错过一个很好的机会。不过，也许还来得及？就是那家伙！走，快抓住那个双腿瘫痪的叫花子！"

明智小五郎跑了起来，中村警长和其他两个警察也甩开双腿奔跑起来。

等跑到刚才拾信的地方，叫花子已经无影无踪了。

明智小五郎的判断果然正确。这家伙是在明智小五郎和警察经过的一瞬间把信扔在路上的，随即伪造了失主掉落东西的假象。敢于当着警察的面假戏真做的，除人形豹恩田外不会有第二个人。

他居然把自己装扮成高度残疾的叫花子，隐藏在浅草一带的路边观察警方的动静。

他们四人在那一带搜索了一会儿，没发现像叫花子那样的可疑家伙。明智小五郎见不远处有设摊的算命先生，便朝那里走去。

"哎，先生，你每天晚上都在这里替人卜卦算命的吧！你知不知道有一个双腿残疾的叫花子？他常在这里吗？"

明智小五郎探出上身问道。

算命先生是长着银须的老头，鼻梁下架着宽边眼镜。

"嗯，你是说双脚残疾的叫花子？不知道！这里没有你说的那种人。"

"可是，他刚才在这里的哟！我还跟他说过话的。就这么一会儿，那叫花子居然不见了。老人家，他没在你面前经过吗？"

"不知道。我刚才在给客人看相算命，一点也没察觉到。"

"噢，是这样，那谢谢你了。"

明智小五郎见问不出什么结果，只好打道回

府，朝警车停的方向走去。

"嗯，多云转晴了，终于断念了。"

算命先生自言自语地嘀咕着这些难以听懂的怪话。谁知话音刚落，只见桌子下边钻出一个人来，就是刚才那个双腿残疾的叫花子。

叫花子既不是残疾人，也没受过伤，站起来与算命先生肩并肩地坐在一起，一把拽下粘在脸上的假面具。原来，这家伙就是人形豹恩田。

"我知道明智小五郎的模样，但他不知道我的长相。嗨，被我巧妙地捉弄了一回。"

算命先生嘶哑的声音里夹杂着阴险的语调，一边说一边摘下眼镜。不用说，他是老年恩田，就是人形豹恩田的父亲。儿子装作残疾的叫花子，父亲装作算命先生，暗中联系，互相掩护，隐藏在人山人海的闹市中。

"像我们这样的装束已经很长时间了，今天晚上必须改变。明智小五郎非常敏感，也许在驶离的车上就已经察觉到了我们的秘密。"

"那已经是马后炮了！"

人形豹恩田说完，打了一个长长的哈欠，接着说："父亲，你今天掩护得太成功了！"

　　"嗯，从麻布到芝浦，从芝浦到浅草，我们一切都很顺利，而明智小五郎连连碰壁。那才是我们父子俩最高兴的事情。"

　　父子俩喜形于色，互相对视后嘻嘻地笑了。

哭　诉

　　浅草的K剧院边上有一家叫爽轩的理发店，精神抖擞的五郎青年是这家理发店的职工。

　　一天晚上，店里顾客盈门，忙得不可开交。这时，走进来一个警察。

　　"对不起，请把这张纸贴在店里的墙上。"

　　警察拿出一份奇怪的书面通缉令，上面印有豹子模样的男性罪犯照片。

　　"这家伙也许是人形豹……"

　　"是的，这家伙逃到浅草公园后至今也没找到。凡是发现他并向警方举报的人，我们警方将给予一笔丰厚的奖金。"

"哎，警察，那家伙多半逃到别的地方去了？"

"不，不可能。昨天晚上，他曾在观音堂里出现过。一个擦皮鞋的青年半夜两点经过观音堂的门前时，听到从哪里传出的鸡叫声，于是便在那一带寻找，结果发现地上躺着一只满身是血的鸡。

"他吃惊地抬起头环视四周，听到大灯笼发出了声音，灯笼破了，与此同时从那里探出了人形豹的脸。我们警方接到报警后立即赶往那里，可这家伙却逃走了。"

"呼……"

顿时，理发店里的客人们神经紧张起来，你看我，我看你，都是提心吊胆的模样。

警察一连叮嘱了好几遍后，就离开了理发店。

顾客们盯着通缉令上的照片，开始说话了。

"太吓人了！我听说，这家伙即便在暗处也会从眼睛里射出蓝光。"

"我听说，这家伙的嘴里长着獠牙。"

"嗯，不管是狗还是鸡，他都能毫不费力地一口吃掉。"

"即便是人，他也能生吞活吃。"

"来了这种人不人兽不兽的家伙，公园里马上就会变得冷清。"

理发店店主皱起眉头说道。

"太可怕了，像这种非常时侯，还是早点关门打烊吧！"

由于人形豹恩田的出现，弄得客人们人心惶惶。于是，爽轩理发店的店主决定提前关门。

且说该店的青年职工五郎，在学校里曾获得过柔道初级证书，听说了人形豹恩田的情况后，很想与他过招试试，于是悄悄地从后门溜出，去浅草公园寻找人形豹恩田。

"毕竟不是一般的对手，还是带上家狗去吧！"

五郎牵着爽轩理发店的贝阿狗，来到浅草公园。自从人形豹恩田的情况传开后，夜晚的浅草公园里不再有游客或者行人经过。

五郎先经过池边，沿着观音堂前面的道路向前行走。如果是白天，这一带到处是出售旧衣服的摊位，在这里购买旧衣服的顾客也很多，热闹非凡。但眼下却是夜深人静，犹如无人岛一般。

"都是胆小鬼！"

五郎朝着家狗说道。

没想到这句话竟然像信号那样，对面突然出现了一个老人。不知为什么，老人也像五郎那样手牵着一条大狗。

"说不定，这老人跟我一样是来抓人形豹恩田的。"

五郎笑了。老人牵着大狗大步地朝他走来，就在他俩之间的距离缩短到五米左右的时候，五郎歪起脑袋，不可思议地嘟哝起来："奇怪！那狗怎么那么大？"

老人手上牵着的那条狗，无论从哪个侧面看，与动物园里的豹子非常相似。

"莫非是人形豹恩田？"

五郎想到这里便停住了脚步，可老人慢悠悠地经过，根本不朝他看一眼。

"确实像人形豹！可是，这老人是谁？"

五郎越发觉得不可思议。他手上牵着的贝阿狗可能也持有相同的想法，背脊上的毛倒立起来，露出锋利的牙齿，喉咙深处发出低吼声。

可老人的那只大狗，不知何故，脖子上没有拴牵引绳。像这么高大既像狗又像豹的野兽，为什么如此乖顺地听从老人的使唤呢？

"咦！"

五郎再度瞪大眼睛，发现老人身后还有一条大狗，可那不像狗倒像野兽，正慢吞吞地爬着。

不可思议的野兽身上，穿的居然是黑色服装，像野兽那样爬行。

"我不是做梦吧？"

五郎不由得摇晃起脑袋来。就在这个时候，身着黑色服装的野兽竟然朝着五郎瞟了一眼。

"哇！"

千真万确！这不是大狗，是人形豹恩田！与通缉令上的照片十分相似。又大又圆的豹子眼，月亮形状的大嘴巴，寒光闪闪的白色獠牙……

贝阿狗拉开嗓子不停地吼叫，似乎忍不住了，冷不防地挣脱了五郎手中的缰绳朝怪物猛扑过去。

"贝阿，贝阿！"

五郎犹梦初醒，大声喊叫，可一切都已经迟了。

只见扑向人形豹恩田的贝阿狗，嘴巴被撕裂了，随着一声惨叫后就被扔到了地上。看到像猫那样趴在地上的贝阿狗，五郎悲伤地哭喊着，连滚带爬地跑到了附近的派出所。

"豹……豹……"

五郎上气不接下气地嚷个不停。

警察问清情况后，立即拿着枪赶往出事地点，可那里早已没人了。老人与人形豹恩田消失了。

五郎的哭诉并非幻觉，最有力的证据便是躺在那里的贝阿狗。看到它那惨不忍睹的模样，让人不寒而栗。

消　失

　　"什么都市密林不都市密林的，不就是东京市中心吗？什么活生生的豹子在那里游荡，我就不信！"

　　接到报告的中村警长不以为然。

　　"但是，那条贝阿狗确实被撕得四分五裂。这，你难道没听说吗？"

　　明智小五郎把双臂放在胸前，对中村警长说道。

　　"那家伙肯定是人形豹！我看，恩田父子是牵着一条狗在走路，而胆小的五郎把狗错看成了豹子。"

"那就是看错也没什么。可我担心的是，那也许是恩田父子俩新炮制的阴谋。"

明智小五郎一边说，一边伸直右手的五个手指，不停地梳理着乱蓬蓬的头发。这时，中村警长的部下报告说："警长，那是真豹子！花园的经理报警说，刚买来的一头豹子失窃了，请我们警方设法找到它。"

所谓花园，就是供游客欣赏的花园动物园，饲养着各种野兽。那头豹子，是花园动物园引以为傲的猛兽。

"什么？你是说花园动物园里的豹子失窃了？"

"是的。奇怪的是，那头豹子不是破笼而逃，而是被贼窃取钥匙后打开笼门后悄悄牵走的。"

"是那家伙！是那怪老头！"

明智小五郎嘟哝着说。

"肯定是那怪老头盗窃的。喂，中村警长，这可不是小事！怪老头以前饲养过豹子，但愿这家伙别寻衅闹事。"

"看来，怪老头嗜好养豹子。"

"既然这样，只有采用最后的手段把他引出来了。我看，这家伙肯定隐藏在公园的某个角落里。"

第二天下午，明智小五郎和文代夫人在公园中行走。不用说，他俩都是化了装的。被人形豹视为第三个猎物的文代夫人，如果不化装就进入那个家伙经常出没的场所，后果是不堪设想的。

此刻，他俩都扮作擦皮鞋的模样，身上穿着满是油腻的服装，脸上涂有黑鞋油，看上去黑不溜秋的。

明智小五郎是这样想的，让文代待在家里，随时会遭到人形豹恩田的偷袭。也有许多好心人对明智小五郎说，让文代夫人去安全的地方躲一躲。

但人形豹恩田似乎长着千里眼顺风耳，要不了多久就会发现文代。总之，不管什么地方都不牢靠。与其躲避，倒不如把她带在身边，同时还能在侦查方面助自己一臂之力。

他俩挤在人群里，瞪大眼睛仔细搜寻着，就像密林里追踪豹子的猎狗。

两家大电影院之间有一条光线暗淡的直巷，远看像两座悬崖中间的谷底。平日里，即便游客再多，也很少有人走这条阴沉昏暗的直巷。

　　明智小五郎和文代夫人若无其事地朝这条直巷里走去，当朝里刚跨了一步的时候，发现了奇怪的景象。

　　直巷里有一只站着行走的大老虎，满不在乎的模样。

　　当然，那不是真老虎而是推销员。身穿老虎斑纹的衬衫，头上套着庞大的虎脑袋，肩上插着写有白字的红色旗帜，手里拿着一叠红色的商品广告。

　　旗帜上面写的白字是Z马戏团。看来，马戏团已经在附近安营扎寨了，于是派出这些推销员到处散发广告，吸引观众。然而，让推销员扮作老虎散发广告还真少见。

　　无疑，他们是把老虎当作吸引观众的道具。

　　明智小五郎虽这么思索，但心里还是满腹狐疑。

　　虽说推销员的外表是老虎，可那身打扮多少有点像豹子，也许隐藏在虎头套里的是人形豹恩田。

明智小五郎加快脚步朝推销员靠近。

奇怪的是，推销员一边不停地朝后张望，一边沿直巷朝着前面的横巷转弯。那模样似乎是有意暴露自己的去向，引诱明智小五郎。

明智小五郎一阵猛跑来到转角，站在那里拦截。那家伙见状觉得难以逃脱了，就突然加速朝横巷里跑去，过了一会儿，他停住脚步不走了。

"喂，你把虎头套给我摘下，让我看看你那张脸。"

"嘿嘿嘿……你想看我的脸吗？"

推销员摘下虎头套露出脸来。

肯定是那张人形豹恩田的脸吧？

不，不，不是那回事！

这是一张瘦得净是骨头的黑脸，年龄大约五十岁，眉毛又黑又粗，鼻子下边的八字胡两侧连接着两边的耳根。

"对不起，失敬，失敬，我看错人了！"

"嘿嘿嘿……怎么样，请收下广告。"

推销员递上一张广告。

明智小五郎随手取下，猛然发现广告背后写有潦草的铅笔字：明智，文代夫人有危险吗？告诉你，我想做的事情是一定会成功的。不达目的决不罢休。

这笔迹十分眼熟，跟以前收到过的信和便条上的字十分相似。看来，这个老虎打扮的推销员和人形豹恩田之间可能有什么关系。

"喂，这是你写的吧？"

"嘿嘿……不是我。刚才，有一个陌生人递给我的，要我送到你手上！"

"那家伙是什么打扮？"

明智小五郎问道。

"嗯，绅士打扮，三十岁左右……"

"脸的特征呢？"

"嘿嘿嘿……那家伙的脸看不清楚，好像是不希望我看见他的脸，从鼻子到下巴被手帕遮住了。"

"哎，你知道人形豹吗？"

"嗨，你是说人形豹吗？"

"是的！那家伙多半是人形豹……他，他朝哪里走了？"

"朝这边走的！"

"是急匆匆走的吗？"

"是的，是跑着过去的。这么说，那家伙就是社会上传说的人形豹恩田吗？哦，太可怕了……好可怕……"

推销员重新戴上虎头套，慢吞吞地走了。

明智小五郎突然想起什么。

啊……没想到，理应在他背后的文代，不知什么时候无影无踪了。

"糟糕，出事了？"

明智小五郎立即察觉到出事了。文代夫人事先没说过要去什么地方，应该能见到她的人影。广告上写有一句嘲笑的话：文代夫人有危险吗？

看来，她确实遇到危险了。

黑　熊

刚才，当明智小五郎沿直巷跑到横巷的转角追上推销员的时候，文代夫人由于脚步稍慢了一点，凑巧来到了直巷的中间地段。那里的左侧人行道上有像洞窟那样的水泥楼梯，十分狭窄，并朝着建筑物的地下室延伸。

就在文代夫人经过那里的时候，忽见洞窟般的楼梯里窜出一个漆黑的怪物，从背后冷不防地抱住了她。

文代夫人还没来得及喊叫，嘴和鼻子就已经被怪物手上的毛巾捂得严严实实。那毛巾上沾有麻醉剂，难闻的怪味直扑文代夫人的鼻孔。

怪物轻松地抱起耷拉着双手和双脚的文代夫人。

当文代夫人睁开眼睛的时候，发现自己躺在深咖啡色的草席上，四周光线暗淡，不知道是什么地方。

"哦，醒来了，明智夫人，你现在就是插上翅膀也休想逃走。"

"啊，你是人形豹恩田。"

"嘻嘻嘻……是的，我就是人形豹恩田。"

丑陋的人形豹恩田说完后，鼻子里的臭味直扑文代夫人的脸上。

"杀了我吧！快杀了我吧！"

文代夫人歇斯底里地叫嚷着。

"嘻嘻嘻……我知道，等一会儿我会满足你的愿望的。我正在思考你的死法。"

人形豹恩田的脸上露出阴险的笑容，猛地打开旁边的壁橱门。

壁橱里有大木箱。他打开箱盖，从里面抓出一样东西。那是一个让人毛骨悚然的东西，体积很大，毛茸茸的。

熊！人形豹从木箱里抓出的是一头熊。但它不是活的，也不是尸体，而仅仅是一张熊皮。

"这是用熊皮制作的外套。人穿上熊外套，四条腿走路，学熊走路还是挺不错的。当然，我不可能穿这个外套，而是让你穿上它，成为一头大黑熊，成为一头猛兽。实话告诉你，你在死之前是不可能再露脸的。"

人形豹恩田说这番话时，虽语气温和，但用意狠毒。

"喂，夫人，换上这身熊皮外套吧！"

人形豹恩田面带笑容地说着，粗暴地给文代夫人换上了黑色熊皮外套。

"太漂亮了！不管从哪个角度看，都觉得你是真熊。好了，走走看！"

人形豹恩田挥起皮鞭抽在人熊的屁股上，疼得文代夫人趴在草席上乱爬。

人形豹恩田似乎不只是给她穿熊外套，看来还有更可怕的命运等着文代夫人。人形豹恩田刚才说，要让文代夫人"壮烈的死去"。他的这句话，究竟想表达什么意思呢？

"嗯，好吧，今天就到这里！喂，喂，美丽的人熊，快爬到木箱里老实地待着！"

人形豹恩田说着，把文代夫人推到木箱里，关上了盖子。

眼下，成了人熊的文代夫人既看不见也听不见，仿佛待在漆黑的地狱里。

妖 宅

此刻，明智小五郎来到浅草公园。

久经沙场的大侦探脸色苍白，到处寻找失踪的夫人。

"真没想到，我居然被人形豹恩田耍了！我一定要找到文代，哪怕找遍浅草公园的所有角落。"

明智小五郎打电话给中村警长，请求援助。

"明智，歹徒还在浅草公园吗？"

"我估计还在这里，好像是藏在公园里的什么地方。他们带着真豹子，是很难离开浅草公园的。"

打完电话，明智小五郎思考了片刻。

"是的，理发店的五郎曾经见过人形豹恩田父子俩。我去见他，也许他能给我提供好办法？"

明智小五郎不像刚才那么急躁了，思路开始清晰起来，立即去K剧院边上的爽轩理发店。

"真不凑巧，五郎有事外出还没回来。"

"哦，太遗憾了。那好，我等一下再来打搅。"

明智小五郎走出理发店，像逛街那样朝六区方向走去，见一个腰系围裙的餐厅小姐主动跟他打招呼："喂，你就是那个侦探明智先生吧！"

服务小姐像遇上熟人那样对明智小五郎说道。

"是的，我就是明智小五郎，有什么事吗？"

服务小姐紧张地打量了一下四周，轻声说道："明智先生，有一件怪事，但目前还不是很清楚。"

"到底是怎么回事？"

"先生大概知道浅草的妖宅吧！"

"妖宅？哦，是魔术棚吗？在哪里？"

"不是魔术棚，是真正的妖宅。先生也许不知道吧，就在花园动物园的后面，那幢住宅外表美观，但没人居住，四周是黑色的木板围墙。"

"人形豹恩田居住在那幢妖宅里吗？"

"哦，那，我还不清楚。一个星期前的某个晚上正逢店里关门打烊的时候，突然来了一个满脸白须的客人，要求我们餐厅每天送三餐去妖怪住宅，还预付了定金。从第二天开始，我便按照预订的要求每餐送三份饭菜去那里……"

"什么？三份？"

"是每餐三份，预订时就是那样说的。可奇怪的是，送早饭到那里时屋子里似乎没人，我只得推开房门把饭菜放在厨房里。

"而当我中午送饭菜去那里的时候，早上送去的饭菜已经盘底朝天，被吃得干干净净。于是，我便将午餐放在厨房里。"

"嗯，嗯，后来呢？"

"有时候我稍稍去迟了一会，打开厨房门时，里面的隔断移门也会打开，随后伸出一只毛茸茸的手，强行抓住放在灶台上的饭菜盘子，随后手就缩回去了。

"当时的情景，我看得清清楚楚。隔断移门里面光线暗淡，但眼睛里闪烁着刺眼的光，但那绝对不像是人的眼睛。"

"你说得太及时了，请立刻带我去那里。"

"这……我如果带你去，那……"

"没关系，你不必担心！把我带到妖宅的前面，你就回去。好了，请快带我去那里。"

服务小姐走在前面，明智小五郎在后面跟着她。

"就是这！打开边门进去可以到达厨房。"

服务小姐只说了这么一句，便慌慌张张地逃走了。

"嗯，这里是花园动物园的后面。恩田父子隐藏在这里，对他们来说是最合适的。"

明智小五郎若有所思地点点头，悄悄地潜入住宅。住宅里空空荡荡的，似乎是幽灵居住的地方。

过　瘾

明智小五郎蹑手蹑脚地潜入妖宅。

"看来，这里确实可疑。"

奇怪的是，所有房间里都没有家具和摆件，到处散发着霉味，墙角上挂满了蜘蛛网。

明智小五郎小心翼翼地搜索着每一个房间，接着走进了厨房。

"咦，这地方怎么会有上二楼的楼梯？"

可二楼的榻榻米上，也没有任何可疑的东西。

这时突然传来异样的声音，让他吃了一惊。

一个大体积的东西在移动！那模样绝对不是老

鼠，紧接着右边的壁橱门在晃动。那声音每响一次，壁橱便轻轻晃动一下。

壁橱里有什么？不用说，肯定是人，绝对不可能是人形豹恩田。如果是他，不可能没有察觉到明智小五郎已经进来了。

被关押在壁橱里的，肯定是被绑架的文代夫人。

此刻，明智小五郎失去了平日里的冷静和镇静。当然，这也不无道理，文代夫人毕竟是他的妻子。

他走到壁橱门前猛地拉开壁橱门。

果然是手脚被绑的人躺在地上。可意外的是，这人居然不是文代夫人。

"咦，你，你不是神谷芳雄吗？"

他是上门委托明智小五郎侦破该案的神谷芳雄。

这时，拳击手模样的男子悄悄来到明智小五郎的背后，挥起打棒球的棍棒，朝明智小五郎的后脑勺猛击过去。

受到突如其来的重击，明智小五郎顿感眼冒金星，天旋地转，还没来得及看清袭击自己的男子究竟是谁，便失去知觉倒在地上一动不动了。

"嘿嘿嘿……活该！这算什么大侦探！就这么一击便倒在地上不省人事了。"

男子用棍棒一边捣明智小五郎的身体，一边恶狠狠地说，随即拿来绳索将死人般的明智小五郎五花大绑起来，用手巾卷成一团塞入明智小五郎的嘴里。

"好，你就乖乖地睡到明晚吧？大侦探，到了明晚就什么都解决了！"

男子说完就下楼去了。

二楼榻榻米的草席上，躺着明智小五郎和神谷芳雄。

神谷芳雄怎么了？就是手脚被绑，也应该设法告诉明智小五郎这里的情况啊。

不过，他眼下和明智小五郎一样都失去了知觉。神谷芳雄也是上了人形豹恩田的当而被诱骗到这里的，眼下昏迷不醒，根本不知道明智小五郎潜入这里，也根本不知道明智小五郎也遭到了男子的袭击。

渐渐地，明智小五郎的头脑清醒了。明智小五郎毕竟是侦探，很快明白了自己的处境。

啊，神谷芳雄也被关押在这里。

他听到神谷芳雄的呻吟声。

"神谷！"

虽然用尽了全力，可嘴里塞有布团，再叫也不会有声音传出来。

"畜生！"

明智小五郎拼命挣脱身上的绳索，可越挣扎绳索勒得越紧。

他不再挣扎了，尽量放松身体，仰卧着闭上眼睛。

黑夜来临了。

夜里，男子两次查看两个囚犯的情况，天花板上悬挂的灯也是亮的。

那家伙身着花衬衫，个头很高，无疑是被人形豹恩田收买了。

拂晓时分，自然光线从缝隙钻入。男子上来两三回，只是观察这两个囚犯的状态，接着又不声不响地下楼了。他右手上握有铮亮的手枪，似乎在说，你俩如果不老实，我会随时开枪的。

又过了一会儿，可能是接近中午的时候了。男子右手仍然握着手枪，左手提着两瓶牛奶上楼来。

"大侦探先生，肚子饿了吧？我看你们可怜，给你们弄点牛奶喝。"

男子笑嘻嘻地把牛奶放在榻榻米的草席上。

"哎，我丑话说在前头，取下你俩嘴里的布团，是让你们喝牛奶。要是大声叫嚷，我就让你们尝尝子弹的厉害。我尽量做到不杀人，但前提是你们听话。好了，同意我说的话吗？答应了，就让你们喝牛奶。"

明智小五郎肚子饿极了，同时希望在嘴里的布团被取出后好询问这家伙。于是，朝他点头表示同意了。

"怎么，你俩都同意不喊叫吗？好，让你们喝牛奶。"

男子扶起他俩。

"谢谢！我快要饿死了。"

明智小五郎笑着说道。

男子放心地放下手枪。

"我想问你两三件小事，先请你让我喝下牛奶。"

明智小五郎和神谷芳雄相继喝完男子递上的牛奶。神谷芳雄还是全身无力，连说话的力气也使不出来，只有明智小五郎还有力气说话。

"哎，谢谢你，牛奶真好喝！昨晚诱骗我来这里的餐厅服务小姐，是你们一伙的吧！"

"嘿嘿，你现在才明白，太迟了！这么说，你还在等人来营救你？哼，你想得真美！"

"喂！这房子里就你吗？我还以为恩田在这里呢？"

"我们制造假象让你上当，否则，你是不会被牵着鼻子走的。"

"你一个人在这里不怕吗？虽说你把我绑了起来，但我毕竟是明智小五郎呀！"

"啊哈哈……你怎么吓唬我都不管用，我有这个。"

男子转动着手枪。

"你打算怎么处置我们？人形豹恩田给你下了什么命令？是命令你把我俩都杀了吗？"

"是的，最终是那样的结果，但不是现在，至少在今天傍晚前不会动手。"

"呵，你在傍晚后杀我们？"

"是的，首领傍晚前腾不出手来，正在准备夜间的演出，节目好像是叫你死我活大格斗。"

"什么？节目叫你死我活大格斗。"

明智小五郎紧紧追问道。

这个节目，好像在哪里见过。

"啊哈哈哈……我只能说到这里。总之，你俩的命在傍晚前没有危险。"

男子不再说下去，可明智小五郎没有置若罔闻，而是拼命回忆。

这节目好像关系到文代的生死。是的，肯定是那么回事！

明智小五郎使劲地回想。

片刻后，明智小五郎刚才还是苍白的脸色猛地涨得通红，怎么也按捺不住自己了。这关系到文代的生死，自己必须尽快离开这里。

文代有危险！可自己怎么才能逃走呢？

"你知道吗？我不可能在这里等到傍晚。"

突然，明智小五郎说道。

"喂，喂，别嘴硬了！好了，再给你嘴里塞上这个。"

男子打算把毛巾重新塞到明智小五郎的嘴里。

"喂，等一下！我有事拜托你。"

"什么事？"

"你带烟了吗？让我抽一支好吗？"

"想抽烟？那好办，可我正巧断烟了！我早就想抽一根过把瘾，可你们在这里，我无法外出。"

"唉，太遗憾了……喂，等一等！有了，有了，我袋子里有一包进口烟，能否看一下还在袋子里吗？我记得应该还剩下两三根！不用说，也给你抽一根。"

"是吗？那进口烟很不错的。"

男子检查明智小五郎的口袋。不一会儿，烟和一把大型匕首被掏了出来。

"你还带着真家伙。危险，危险，这还是交给我保管吧！"

男子把匕首放在旁边，打开烟盒。

"呵，这烟太好了！可只剩两根了。"

"两根不就够了吗？你我各抽一根。"

"我就是都抽了也没关系，可你也太可怜了。好吧，让给你一根。"

拳击手模样的男子，看上去还有那么点良心。

"你知道Z马戏团吗？"

明智小五郎问道。

"我可不知道那样的马戏团。"

不知何故，男子好像慌了神。

"看来他很清楚那件事。"

明智小五郎心里在这样说，眯起眼睛目不转睛地观察他脸上的表情。他那么贪婪地吸着烟，可明智小五郎只是不停地吐着烟雾，而不是吸烟。

男子没有吱声，一个劲地吸着，很快过足了烟瘾。

"哈哈……对不起，你这帮凶，我和你告别的时刻就要来临了。"

明智小五郎猛地吐掉烟头，低声笑着说。

男子没有回答，耷拉着脑袋，垂着双手，哈欠一个接着一个。

"神谷，我们有希望了。"

听明智小五郎这么一说，神谷芳雄爬了起来。

"刚才的烟起作用了！"

"是的。我袋子里有一盒烈性麻醉剂香烟，是为防备万一时使用的。"

明智小五郎用嘴衔起那把匕首。

他用嘴紧紧咬住刀柄，将刀刃对准胸前的绳索割了起来。

相　遇

　　终于，明智小五郎胸前的绳索被割断了，接着开始给神谷芳雄松绑。

　　"好了，现在也让他尝尝被捆绑的滋味。"

　　明智小五郎拿起解开的绳索，开始捆绑地上的男子，他的动作十分娴熟。末了，还在他嘴里塞上了布团。

　　"这下彻底解决了！那广告在他的口袋里。"

　　他从口袋里取出广告。这是推销员在横巷里给的，是宣传Z马戏团的广告。

　　刚才，明智小五郎听到男子顺嘴说出"你死我活大格斗"这句话时，觉得好像是在哪里看见过的广告词。经过一番回忆，终于想起这张广告。

广告上写到："你死我活大格斗，印度猛虎和北海暴熊进行格斗。再过几天，我Z马戏团就要与东京市民告别。作为告别献礼，我马戏团兹定于四月八日下午一时举行特别节目，特邀猛兽团长大山先生主持演出。届时，敬请大家观看印度猛虎和北海暴熊之间的大格斗。像这种你死我活，血肉横飞的猛兽格斗场面，十分难得，敬请全东京市民不要错失良机，莅临观看。"

广告上刊登了可疑男子的照片，下面写有"国际猛兽马戏团团长大山海索利"。同时，还配有虎熊格斗的照片。

明智小五郎昨天只顾看背后的挑战书，没有仔细看广告内容，更没有注意这两张照片。现在看来，这不可思议的大山海索利也不是其他人，可能就是昨天见到的那个八字胡推销员。

国际猛兽马戏团团长亲自担任推销员并散发广告，还真够胆大的。

明智小五郎紧盯着广告上的可疑照片，仿佛要把广告纸看穿似的。

　　"神谷，你没从这张照片上看出什么了吗？"

　　突然，他将广告递到神谷芳雄跟前。

　　"这张脸好熟悉！但是……"

　　"回忆不出来吗？那你试着抹掉上面的八字胡，换上白须。随后你再想一下，有没有见过这样的白胡子老头？"

　　"银须老头……咦，是呵，是那家伙！"

　　"是人形豹恩田的父亲吗？"

　　"是的，是的，肯定是老年恩田。"

　　"我想差不多吧！我还不曾见过老年恩田长什么模样，所以问你。现在听你这么一说，我全明白了。

　　"神谷，这家伙昨天化装成推销员用调虎离山之计，引诱我进入建筑后面的横巷里，再把这张挑战书交给我来吸引我的注意力，为其子人形豹恩田绑架文代赢得了时间。"

　　"什么？先生，你的夫人文代她……我们必须尽快救出她……"

"这是当然的。"

"夫人被带到哪里去了？你能估计出被关押的大概位置吗？"

"我觉得，多半被关押在Z马戏团里。"

明智小五郎回答了神谷芳雄的提问，脸色瞬间苍白了。

"什么？她在马戏团里？"

"我忽然想到一个可怕的场面……一定是那么回事。不过……现在还不能断定。说不定……哦，仅仅这么想，我就够害怕的了！"

明智小五郎为什么会感到如此恐惧喃？

"你已经知道了？"

神谷芳雄担心地看了大侦探一眼。

"不，你最好别问我，说心里话，我也害怕说出来。好了，要赶快行动！也不知道是否来得及。"

明智小五郎看了一眼手表。

"现在还有五分钟就到一点了，不能磨磨蹭蹭的。"

他嘴里说着，两只脚已经沿着楼梯朝下跑去，神谷芳雄紧随其后。

一来到大门口，赶紧朝附近的公共电话亭跑去。这时从电话亭里急匆匆地跑出一个人来，没想到却是中村警长。

明智小五郎急忙向他汇报，从文代夫人失踪说到人形豹恩田的活动据点，三言两语地解释完后，又与他商定了抓捕方案。

他从公共电话亭出来后，跑到大路上喊了一辆出租车。

飞 车

在东京 M 町的广场上搭有一座大帐篷，Z 马戏团已经在这里上演了一个月的杂技、马戏和魔术表演。每天来这里观看节目的人，络绎不绝，热闹非凡。

马戏团的帐篷下面，从昨天开始就挂出了边长五米的广告画，画上的内容十分惊险，猛虎和暴熊双双直立起后腿，厮打得血肉横飞。

"像这样的节目，虎与熊打斗到其中一方断气为止。"

"是的，是你死我活的大格斗。"

猛兽大格斗的开场时间是下午一点。随着时间越来越近，广告画前的观众越聚越多。

"喂，快，快，虎熊格斗就要开场了！机不可失，时不再来哟！"

身着写有Z马戏团字样服装的男子站在门口，涨红着脸大声嚷道。这时，热闹的音乐从广播里传来。

走进木门，演出的帐篷里已经挤满了人，黑压压的一片。场内鸦雀无声，观众们都屏住了呼吸等待即将出现的格斗场面。

正面高出观众席的舞台上，陈旧的丝绒幕布被不知从哪里吹来的风吹了起来。

猛然间，响起震耳欲聋的铜锣声。

丝绒幕布被徐徐拉开。

舞台正中央站着一个奇怪的人物，是主持人兼驯兽师。

那模样，如同西班牙斗牛士。这个人的鼻子下边，是朝两边翘起的黑色胡子。胡子的两端，一直连着两边的耳朵。他说话时，八字胡会不停地晃动。这家伙大概就是Z马戏团团长大山海索利。

他双手摆弄着皮鞭，傲慢地说起了开场白，不停地晃动着他的八字胡。

"马上请大家观看的，是今天的特别节目。节目叫你死我活大格斗。舞台上有两个大铁笼子，右边铁笼子里的野兽是印度猛虎，左边铁笼子里的是北海暴熊……"

铁笼子里面积不大。猛虎正在右边的铁笼子里走来走去，不时地大声吼叫着。

左边的铁笼子里是一只比猛虎大两倍的黑熊，好像浑身在打哆嗦。看那模样，好像是害怕猛虎而躲藏在角落里。

"这黑熊看上去胆小，可一旦受到对手的袭击就会后腿直立，现出残暴的本性，所以称它为暴熊。今天，由暴熊首先向猛虎发起进攻。现在，老虎低着脑袋，是为了更好地伸出利爪。

"它们互相扭在一起撕咬的过程中，身上肯定会出现伤痕。野兽就是这样的，一旦出血，一旦看见血，瞬间会变得更加残忍。很快，就会步入血肉横飞的地步，直到其中一方倒地死亡为止。

"各位观众，皮开肉绽，惊心动魄的场面即将展现在大家眼前。"

主持人兼驯兽师大山海索利说到这里停顿片刻后，不动声色地环视一眼整个观众席。

"各位女士、先生，紧扣大家心弦的场面还不止这些。猛兽将当着大家的面哭泣，乱窜。哦，就像人那样，就像纤弱的女人那样，喉咙里发出求救的抽泣声和呻吟声。"

主持人兼驯兽师大山海索利说的这些话，让人无法理解。

"对不起，开场白就说到这里吧。接下来，就请大家观看你死我活大格斗。"

主持人兼驯兽师大山海索利歪斜着皮鞭，弯腰朝大家装模作样地鞠了一躬，随后朝舞台后面的剧务人员打手势。

铜锣声再次响起。

于是，八个男子跑到舞台上分成两组。每组四人移动一个大铁笼子朝舞台前面滑去，让两个大铁笼子的铁门紧贴在一起。

这时，主持人兼驯兽师大山海索利又朝前跨了一步，彬彬有礼地说着话。剧务人员分别将铁笼子与铁笼子之间的两扇铁门朝上升起，于是两个铁笼子变成了一个组合铁笼子。

这时，明智小五郎与神谷芳雄在浅草公园门前的大街上喊了一辆出租车……也就是这时候，两个铁笼子合并成了一个组合铁笼子。

"我们去M町广场，多出点车费没关系，只是请你无论如何在五分钟内赶到那里。"

明智小五郎一坐上出租车，就大声对司机说着。

"什么？五分钟内赶到那里？不行，就是飞过去也要十分钟。"

司机年轻，看上去很灵活。

"你不必为违反交通规则担心，我是受警方委托的侦探，不会给你添麻烦的。"

"可不管怎么快速行驶，路上肯定有堵车现象。"

司机一边快速行驶，一边大声说道。

"请你大胆超车！我会给你加钱的，每超一辆加一百日元。"

"那好吧，请你们坐好了！"

车速更快了，简直像飞一样。

两边人行道上的行人，像激流那样被迅速地抛到后边。

一辆……又是一辆……汽车、电车、公共汽车、卡车、轿车，被一一甩到车尾，瞬间消失了。

司机也根本不顾十字路口的红色信号灯，疯狂地朝前飞驰。

"喂，停车，停车！"

一个交警涨红着脸，展开双臂大声吼叫着。但那气急败坏的模样，瞬间看不见了。

气　球

　　马戏团舞台上的铁笼子里，两头猛兽正互相观察着对方。说是互相怒视，其实，黑熊是耷拉着脑袋趴在那里，根本就没动弹。

　　相反，猛虎不停地晃动着尾巴，低着脑袋吼叫着。

　　"大黑熊，大黑熊，快打起精神扑上去！"

　　观众席上的叫声一浪高过一浪。

　　"大老虎，大老虎，快扑上去，喂，快扑上去！"

　　为老虎加油的吼叫声响了起来。

可猛兽双方根本不理观众的加油声，依然是互相怒视着。

大黑熊不仅不动弹也不吼叫，而猛虎的吼叫声却越来越响亮。

"大老虎，扑，扑上去……"

"咬大黑熊……"

终于，猛虎也许受到了观众吼声的刺激，随即像从枪膛里飞出的子弹那样朝着黑熊扑了过去。

哇！观众席上不约而同地惊叫起来，与此同时都猛地站立起来。

可不知何故，黑熊根本就不抵抗，经不起猛虎的一击就倒地了，四脚朝天地仰卧在地上。

"大黑熊，快爬起来还击！"

猛虎目不转睛地观察着黑熊的模样，打算再次发起冲锋。

一直不动弹的大黑熊，突然晃动起四只腿来。经过一番挣扎，好不容易爬起来，正面朝着猛虎……

咦，到底怎么了？只见大黑熊跑到两个铁笼子之间的间隙，拼命地将身体朝外面挤。

与此同时，女人的悲鸣声在剧场上空轻轻地响起。

当大黑熊明白无法逃出铁笼子时，猛地直立起来，像跳狂舞那样在狭窄的铁笼子里漫无目标地跑来跑去。

这时，舞台上响起女人断断续续的抽泣声。

"咦，好像有女人的哭声？"

"嗯，从这节目一开始我就感到不可思议。"

"是小孩的哭声？"

"不，我觉得好像是熊在哭泣。"

观众席上响起了议论声。

猛虎也许受到大黑熊的刺激而兴奋起来。

猛虎吼叫一声后，像射出的箭那样展开了第二次攻击。

霎时间，黄色的猛虎与黑色的暴熊在铁笼子里扭成一团，打起滚来。同时，外面传来刹车声，来自明智小五郎他们乘坐的出租车。

"对不起，没想到途中碰上了货物列车。"

司机苦笑着打了一个响舌。

前面的道路，被禁止通行的铁栏杆挡住了。漆黑的火车头拽着几十辆货车正慢吞吞地行驶着。

"哎呀，糟了！神谷，时间已经是一点十五分了！再过一会儿，就有可能来不及了。"

明智小五郎脸色铁青，眼睛充血，嘴里吼叫着。

可是，神谷芳雄根本不知道这番话的真正意思。

"奇怪，现在到底去哪里？你说的来不及到底是什么意思？"

"文代就要遭到杀害了。"

"什么？夫人……"

"我一定要救出文代！"

明智小五郎心急如焚，但货物列车还在缓慢行驶，后头还有很多个车厢。

这时，帐篷里的舞台上响起皮鞭声。主持人兼驯兽师大山海索利，正站在铁笼子旁边，手中的皮鞭在空中挥舞着，那头饥饿的猛虎发出疯狂般的吼叫声。

"大老虎，大老虎，还磨磨蹭蹭地干什么，咬住大黑熊，咬住大黑熊！"

"大黑熊，快打起精神来！勇敢还击啊！"

观众席上人声鼎沸，吼声此起彼伏。

老虎与熊扭成一团滚来滚去的动作，转眼间便停止了。黑熊倒地不再动弹，而老虎却不时地做出猛扑的动作，将黑熊当作玩具似的戏弄。

啪！啪！

主持人兼驯兽师大山海索利挥动皮鞭，响声使观众们越发亢奋。

咄咄逼人的老虎，此刻张开大嘴露出锋利的獠牙，以迅雷不及掩耳之势咬住了黑熊的喉咙。

"哇，大黑熊完了！"

顿时，观众们从座位上站立起来。

没想到，黑熊像胆小鬼那样根本不抵抗。站起来的观众们原以为黑熊被激怒后会与老虎决一雌雄，可事实恰恰相反。

"喂，奇怪！大黑熊被那样咬住喉咙，竟然连一滴血都没有见到。"

最前面的几排观众席上，有观众这样议论着。

老虎的獠牙紧紧咬住了黑熊的喉部。老虎每晃动一次脑袋，黑熊的喉部便裂开一点，但裂开的速度很慢，而且还不朝外流血。

前几排座位上的观众之间，又传出了喊叫声。

"那是什么呀？哎，那到底是什么呀？"

坐在第一排座位上的男子，抱住边上的青年哆嗦着问道。

此刻，黑熊脖子上被撕裂开的皮，朝外翻开，可那里没有露出血肉，取而代之的是白色的东西，一点点地出现在大家的眼前。

这时，货物列车终于全部通过了。

禁止通行的围栏开始像上升起，早已不耐烦的卡车、轿车，潮水般地晃动起来。

"嗨！足足等了三分钟。"

司机说完启动引擎，车又飞驰起来。

明智小五郎铁青着脸紧盯着前方，一句话也没说，右手紧握着刚才从男子身上缴获的枪。

出租车又以飞快的速度超过前面一辆又一辆的车。

公路呈直线向前延伸。这时，只见遥远的天空中飘着犹如海蜇的广告气球，圆形气球下面飘着写有广告词的红色绸布。

随着出租车飞快地朝前行驶，广告上的文字变得越来越大，很快就清楚地映入了他们的眼帘。

广告气球的下边就是他们此行的目的地，Z马戏团。此时此刻，文代夫人就要遭到杀害。

恶 魔

铁笼子里撕开黑熊喉咙的老虎，发出惊天动地的吼声。

咦，这到底是怎么回事？被撕开的熊皮里面居然是一个长着美丽脸蛋的女人。不用说，她是文代夫人。

文代夫人哭叫着。刚才，她因为麻醉药的缘故而昏昏沉沉的。当她猛然睁开眼睛，定睛一看，一只老虎正朝她扑来。霎时间，她慌了神，本能地一边奔跑一边哭喊着救命。

"啊，果然被我说对了！刚才一直在哭泣的，不是黑熊，而是熊皮里面的女人。"

"这么说，从一开始就是假戏真做。"

"也许是吓唬我们观众？"

"嗯，主持人在节目上演前说女人的哭叫声什么的，原来是这么回事。"

台下的观众议论纷纷。

扮作黑熊的女人在铁笼子里拼命奔跑。那受惊的模样，怎么看也不像是演员，也根本不像是演戏。

"你瞧，你瞧，那是演戏吗？"

"一点都不像。"

观众们不知如何是好。由于场内的气氛异常紧张，大家顿感口干舌燥，忘了大声责问主持人是怎么回事。

在文代夫人周围，猛虎开始不停地转圈。文代夫人脸朝着猛虎，摇摇晃晃地转动着身体。

猛虎不时地停住脚步，伸出前爪朝文代夫人挑衅。每伸一次前爪，浑身的毛便竖起来，张开大嘴吼叫着。

这时，不知从哪里突然传来男子的笑声，好像是从帐篷的顶部那里传出来的。

"哈哈，哈哈……"

像尖叫那样的笑声。

"谁？大概是主持人在笑吧。"

观众们的视线不约而同地集中在驯兽师大山海索利的脸上，可他根本没有笑，只是继续不停地挥舞着手中的皮鞭。

"是，是上面那个家伙！"

不知是谁大声嚷道，而且用手指向帐篷的顶部。

于是，数千双眼睛一齐看向高处。只见用粗绳索捆绑的圆木上，有人像鸟那样蹲着，俯视着舞台上的惨剧。

由于帐篷的顶部太高，看不清楚这家伙长什么样。但那对闪着蓝光的眼睛，此刻正像燃烧的磷火。这，不会有人忘记。

"人形豹恩田！"

那家伙终于露出原形了。

观众席上，瞬间变得安静了。

人形豹恩田的奸笑声，在帐篷里回荡。

舞台上的铁笼子里，文代夫人有气无力地倒在地上，似乎已经奄奄一息。尽管猛虎的鼻尖已经凑到她的眼前，可她已经不叫喊也不动弹了。

也许是人形豹恩田的笑声使主持人兴奋起来，于是他快速地挥舞起手中的皮鞭，空中不停地响起啪啪声。

皮鞭的响声似乎在给猛虎鼓劲，命令它进行攻击。

倒在地上一动不动的文代夫人，只要裸露的脖子被猛虎咬住，生命就会随之结束。

这时，所有观众都明白了，这不是演戏。他们脸色苍白，难过地移开视线，不忍心目睹这惨不忍睹的场面。

不一会儿，猛虎大声吼叫着朝美丽的"黑熊"扑去。

突然，一声枪响。

刺耳的枪声，震得帐篷里的空气大幅度晃动。

"啊！"

观众席顿时嚷开了，人们战战兢兢地抬起头瞪大眼睛。

铁笼子里，发生了翻天覆地的变化。

张嘴朝着"黑熊"猛扑的猛虎，四脚朝天地倒在地上，脑袋上喷出了鲜血，没有挣扎的迹象，似乎已经断气了。

文代夫人虽也处在死亡的边缘，但好在有熊皮保护连一处轻伤也没有。帐篷顶部的笑声突然停止了，主持人兼驯兽师大山海索利的皮鞭也不挥动了，眼神望着观众席。

这时，只见一个勇敢的男子沿观众席中间的走廊朝舞台走来，右手上的枪还在冒白烟。

"明智先生，明智先生！"

虽说他全身化了装，可大家还是一眼认出来来者是谁，顿时，观众席上响起长时间的欢呼声。

无疑，他的出现意味着人形豹恩田的末日的到来。

化装成大山海索利的老年恩田，认出来者是明智小五郎后，脸色骤变，欲夺路而逃，但被冲上舞台的警察们团团围住。

他到底老奸巨猾，先抖动八字胡嘿嘿地狂笑，随即装模作样地把手伸向口袋，突然掏出手枪对着离他最近的警察。

霎时间，场内大乱起来，观众们急忙跑向木门，小孩的哭声和妇女的叫声此起彼伏。

"人形豹恩田在帐篷的顶部！"

"人形豹恩田逃跑了！"

一些胆大的观众仍坐在观众席上，大声提醒着警察。

帐篷顶部的圆木上，人形豹恩田像猫那样爬着。

其实，Z马戏团与人形豹恩田父子俩并没什么关系，仅仅是让自称从国外带回猛兽的驯兽师上台表演一番而已。

因此，Z马戏团里的员工并不是人形豹恩田的帮凶。照着明智小五郎的手势，年轻的杂技师朝帐篷的顶部爬去。

"快去帐篷外面！快去帐篷外面！人形豹打算爬到帐篷外面而后跳到地上逃走！"

警察和马戏团的工作人员跑到外面，将帐篷围得水泄不通。

　　正当明智小五郎欲去帐篷外面时，从背后的舞台那里传来枪声。

　　回头一看，只见主持人兼驯兽师大山海索利一头栽倒在地，鲜血从他的胸口朝外直涌。眨眼间，服装上的金色装饰丝绳被染成了鲜红色。人形豹恩田的父亲深知已经无路可逃，用子弹结束了自己罪恶的一生。

　　"喂，明智，夫人怎么样？"

　　中村警长又带着一队警察冲进了帐篷。

　　"哦，离死亡只差一步。"

　　明智小五郎指着舞台的角落。那里有许多热心观众正在护理文代夫人。

　　"遗憾的是，其中一个罪犯开枪自杀了。"

　　"哦，是人形豹恩田的父亲吗？"

　　"是的。"

　　"那，人形豹恩田呢？"

　　"逃到外面的帐篷顶上去了。走，到外面去

看看！"

明智小五郎和中村警长来到外面，站在围观群众的后面稍高一点的坡上，瞪大眼睛望着不可一世的人形豹恩田。他身穿黑色西装，像野兽那样在帐篷顶上爬着。

可追兵们并不示弱，其中两三个都是飞檐走壁的杂技高手。再说人形豹恩田就一个，而身后的追兵有十来个。渐渐地，人形豹恩田被逼到角落里。

"这家伙逃不了了！他可能要跳到地上自首，不然的话……"

就在中村警长说这番话的时候，人形豹恩田还真高高跃起了……

地面上围观的人们见状，不由得喊叫起来。奇怪的是，人形豹恩田没有跳到地上。

"啊，广告气球！他逃到广告气球上去了。"

有人大声叫嚷。于是，人们的视线转向空中。

浮在空中的广告气球，其底端的绳索距离帐篷很近。此刻，人形豹恩田正沿着绳索朝广告气球爬去。

银色的广告气球在空中不停地摇晃，气球底端的红色绸布随风飘荡。

红色绸布的末端恰巧固定在明智小五郎站的地方。那里是广场的角落，放有一台卷扬机。

"转动卷扬机，快转动卷扬机，把广告气球降下来！"

人们大声叫嚷着朝卷扬机跑来。有人启动了卷扬机，广告气球开始下降。可抓住广告气球绳索的人形豹恩田满不在乎，继续朝上爬去。广告气球每降下一米，他便朝上攀爬一米。

"喂，别浪费时间了，快下来投降吧！"

地面上的警察朝人形豹恩田喊话。

"啊哈哈哈……警察们，我看你们别浪费时间了。"

人形豹恩田在空中回答的声音，由于风的阻隔，进入人们的耳朵时已经变得很轻。

"哦，明智，你也在人群中间吧！辛苦你了！你一定以为能活捉我，是吗？哈哈……你将成为世人的笑柄，因为你抓不住我。"

人形豹恩田刚叫嚷完毕，只见他右手晃动着明晃晃的匕首。不一会儿，拴着广告气球的绳索被割断了。于是，刚才还一直被卷扬机拽向地面的广告气球，犹如射出的子弹一样飞向了高空。

"啊哈哈哈……明智，再见了！啊哈哈哈……"

广告气球朝高空飞去的同时，人形豹恩田的笑声也渐渐消失了。但是，他却俯视着地面，不停地挥舞着右手。片刻后，银色广告气球被风吹到白色的云层之间，朝着东京湾方向飘去。

第二天，三浦半岛的渔民们在遥远的海上发现了漂浮着的大气球。经过调查，得知漂浮着的气球就是Z马戏团的广告气球，可就是没发现人形豹恩田的尸体。

就这样，人形豹恩田连续凶杀案终于降下了帷幕。从此，大侦探明智小五郎的名声更响亮了。只是这起事件留下了一个永远难解的谜：这世上，怎么会出现像人形豹恩田那样的怪物。

这个秘密，也许只有老年恩田一个人知道。然而，怪异的老年恩田已经离开这个世界。他的自杀，使得人形豹恩田的案件成了永久的谜。

那么，他们从浅草花园里盗窃的那只豹子，结果究竟如何呢？各位读者可能会觉得不可思议？其实，那只豹子像老年恩田那样中弹死在马戏团的舞台上了。那只在铁笼子里看似老虎的猛兽，其实就是老年恩田给化了装的真豹子。

老年恩田模仿老虎身上的斑纹，用药物将豹子身上的斑点连成一条一条的线。动物园的真豹子失窃后，人们的注意力全集中在豹子身上而不是老虎。

尽管自称带老虎回国的驯兽师突然出现在东京，可善良的人们丝毫没有怀疑，没有把老虎的出现与豹子的失踪联系在一起。

恩田父子带着化装成老虎的真豹子和套着熊皮的文代夫人，来到Z马戏团声称要表演特别的节目。当然，他们是绝对不会让Z马戏团的人员靠近假老虎和假黑熊的。他们在掩护自己的基础上，将文代夫人密封在人们根本意想不到的熊皮里。

他们说是上演你死我活的大格斗节目，其真正意图是在观众面前让豹子咬死文代夫人。

明智小五郎从事侦探工作以来，人形豹恩田一案是他遇到的最离奇的案件。

"人形豹恩田在空中的嘲笑声，从某种意义上说，像长鸣的警钟那样永远回荡在我的耳边。"

那以后，明智小五郎每次见到中村警长时，总免不了提及人形豹恩田的案子，重复上面这句话。

江户川乱步年谱

1894年　出生

本名平井太郎，10月21日出生于三重县名张市，为家中长子。父平井繁男，时任名贺郡官府书记员。母平井菊。

1897年　3岁

因父亲工作调动，举家搬迁至名古屋市。

1901年　7岁

4月，进入名古屋市白川寻常小学就读。

1903年　9岁

《大阪每日新闻》连载菊池幽芳的《秘密中的秘密》，母亲每晚都会念给他听，从此对侦探故事萌生了极大兴趣。

1905年　11岁

4月，进入市立第三高等小学。协助父亲采用胶版誊写版印刷和发行少年杂志。二年级时喜欢上了押川春浪的武侠冒险小说。

1907年　13岁

4月，升入爱知县立第五初级中学。读到黑岩泪香的《岩窟王》，印象特别深刻。

1908年　14岁

其父开设平井商店，主营进口机械的贸易销售，兼营外国保险代理和煤炭销售业务，并采购全套铅字，印刷和发行《中央少年》杂志。秋天，开始在学校附近租借宿舍，独立生活。

1910年　16岁

与要好同学坐船到中国的东北地区旅行。

1912年　18岁

3月，初中毕业。因喜欢出版事业，与同学到处奔走、筹备。6月，其父开设的平井商店破产倒闭。由于失去了学费来源，没有继续上高中。随父亲坐船到朝鲜马山，从事垦荒和测量工作。8月，只身赴东京勤工俭学，以优异成绩考入早稻田大学预备班，白天上学，晚上寄宿在东京都本乡汤岛天神町的云山印刷厂，逢休息日打工。12月，迁到春日町借宿，业余时间靠誊写挣钱。

1913年 19岁

春，与祖母在东京牛込喜久井町生活，重读黑岩泪香等著名作家写的侦探小说。曾计划印刷和发行《少年新闻报》。8月，预备班毕业，考入早稻田大学经济学专业学习。

1914年 20岁

春，与同学创办《白虹》杂志，利用业余时间阅读爱伦·坡、柯南·道尔等英国作家的短篇侦探小说。为了阅读侦探小说，辗转于各大图书馆，所做的笔记装订成册，称为《奇谈》。

1915年 21岁

其父回国供职于某保险公司，在牛込与全家一起生活。继续阅读外国侦探小说，并悉心研究"暗号通讯文书"的由来、规则和特点。

1916年 22岁

8月，毕业于早稻田大学经济学专业，入职大阪府贸易商加藤洋行。

1917年 23岁

5月，从加藤洋行辞职，在伊东温泉开始阅读谷崎润一郎的作品《金色之死》，执笔撰写电影评论文章。11月，入职三重县鸟羽造船厂电机部，参与内部杂志《日和》的编辑。

1918年　24岁

4月，其父再赴朝鲜工作。与鸟羽造船厂的同事组织"鸟羽故事会"，在各剧场、小学巡回。冬，在坂手村小学结识村上隆子。

1919年　25岁

辞职到东京。2月，与两个弟弟在东京本乡驹达町经营一家旧书店"三人书房"。7月，在书店二层编辑《东京PACK》杂志。11月，开设中华面馆。同年，与村上隆子成婚。

1920年　26岁

2月，入职东京市政府社会局。10月，关闭旧书店，入职大阪时事新报社，担任记者，经常与井上胜喜谈论侦探小说，开始撰写《两分铜币》。

1921年　27岁

3月，长子平井隆太郎诞生。4月，在东京担任日本工人俱乐部书记。

1922年　28岁

8月，辞职后回到大阪府外守口町的父亲家，与父亲一起生活。9月，《两分铜币》《一张收据》完稿，正式向某杂志社投稿，但未被采用。不久，改投《新青年》杂志，经审定采用。12月，入职大桥律师事务所。

1923年　29岁

4月，《两分铜币》在《新青年》刊载，小酒井不木博士长文推荐。7月，《一张收据》在《新青年》刊载，辞去大桥律师事务所工作，入职大阪每日新闻社广告部。

1924年　30岁

4月，关东大地震，全家迁回大阪。7月，在《新青年》发表《二废人》。10月，在《新青年》发表《双生儿》。11月底，离开大阪每日新闻社，成为职业作家。

1925年　31岁

1月，在《新青年》增刊发表《D坂杀人事件》，名侦探明智小五郎首次登场。到名古屋拜访小酒井不木。之后，到东京拜访森下雨村，结识《新青年》派作家。2月，在《新青年》发表《心理测试》。3月，在《新青年》发表《黑手》。4月，在《新青年》发表《红色房间》，与春日野绿、西田政治、横沟正史等作家发起创建"侦探兴趣协会"。5月，在《新青年》发表《幽灵》。7月，在《新青年》发表《白日梦》《戒指》。8月，在《新青年》增刊发表《天花板上的散步者》。9

月，在《新青年》发表《一人两角》，在《苦乐》发表《人间椅子》；其父逝世。10月，成立"新兴大众文艺作家协会"。

1926年　32岁

发表侦探小说《噩梦塔》（直译名《幽鬼之塔》）等多篇作品。12月，在《朝日新闻》上连载《畸心人》（直译名《侏儒法师》）。

1927年　33岁

3月，停笔，与妻平井隆子开设"宿舍租借有限公司"。不久，独自外出旅行，到日本海沿岸、千叶县沿岸等地；10月，到京都、名古屋等地；11月，与小酒井不木、国枝史郎、长谷川伸和土师清二等人创建大众文艺民间合作组织"耽绮社"。

1928年　34岁

3月，出售早稻田大学附近的宿舍。4月，买下东京户塚町源兵卫一七九号的房屋。同年，发表《丑角师》（直译名《地狱丑角师》）。

1929年　35岁

1月，在《新青年》发表《噩梦》。6月，发表处女随笔《恶魔王》（直译名《恐怖的魔王》）。8月，在《讲谈俱乐部》连载《蜘蛛男》。

1930年　36岁

5月，改造社出版《孤岛之鬼》。7月，在《讲谈俱乐部》连载《魔术师》。9月，在《国王》连载《黄金假面人》。10月，讲谈社出版《蜘蛛男》。

1931年　37岁

5月，平凡社出版《江户川乱步选集》13卷。同年，出版《迷重重》（直译名《钟塔的秘密》）、《暗黑星》和《邪与恶》（直译名《影男》）。

1932年　38岁

3月，停笔，带全家外出旅游，先后到过京都、奈良、近江等地。

1933年　39岁

1月，加入大槻宪二创建的"精神分析研究会"，每月出席例会，并为该会《精神分析杂志》撰稿。4月，长子平井隆太郎升入大阪府立第五初中学校。同年，好友山本直一辞去博物馆工作，担任江户川乱步的助手。12月，在《国王》连载《红蝎子》（直译名《红妖虫》）。

1934年　40岁

发表《恐吓信》（直译名《魔术师》）、《黑天使》和《不归路》（直译名《死亡十字路》）。

1935年　41岁

1月，平凡社陆续出版《江户川乱步杰作选》12卷。6月，春秋社出版《人形豹》。9月，编写《日本侦探小说杰作集》，由春秋社出版，并发表长篇评论文章。

1936年　42岁

1月，在《讲谈俱乐部》连载《绿衣人》；在《少年俱乐部》连载《怪盗二十面相》。5月，春秋社出版评论集《鬼的话》。12月，讲谈社出版《怪盗二十面相》。

1937年　43岁

1月，在《讲谈俱乐部》连载《噩梦塔》（直译名《幽鬼之塔》），在《少年俱乐部》连载《少年侦探团》。战争爆发后，政府当局对于出版物的审查越来越严格，江户川乱步的所有小说被禁止出版发行，不得不停止撰写侦探小说。为了生活，江户川乱步借用别名为少年儿童撰写探险小说。后来，当局只允许江户川乱步撰写防谍反特小说，在杂志和报纸决定连载前，必须经过外交部、内务部、警视厅和宪兵机构的联合审查，达成一致意见后方可使用江户川乱步的名字刊登。由于公开抗议，被勒令停止写作，结果只写了一部小说。

1938年　44岁

1月，在《少年俱乐部》连载《妖怪博士》。3月，讲坛社出版《少年侦探团》。4月，新潮社出版《噩梦塔》。9月，新潮社出版《江户川乱步选集》10卷。

1939年　45岁

1月，在《讲谈俱乐部》连载《暗黑星》，在《少年俱乐部》连载《蒙面人》。2月，讲谈社出版《妖怪博士》。

1940年　46岁

2月，讲谈社出版《蒙面人》。7月，因心脏不适住院治疗。10月，与同人创立"大政翼赞会"。

1941年　47岁

7月，非凡阁出版《噩梦塔》。12月，任东京池袋丸山町防空会长。

1942年　48岁

任东京池袋北町会副会长，以"小松龙之介"的笔名连载《聪明的太郎》。

1943年　49岁

与著名作家井上良夫书信往来，交流对欧美侦探小说的看法。8月，开始连载科幻小说《伟大的梦》。11月，东京大学文学部在读的长子平井隆太郎被征召入伍，为其举行送别会。

1944年　50岁

出任行政监察随员助手，后在町会领导下开设军需品加工厂生产皮革制品。

1945年　51岁

4月，家属被疏散到福岛，自己则只身留在东京池袋，继续担任町会副会长。6月，因病被疏散到福岛。8月，在病床上听到裕仁天皇宣布无条件投降，平井隆太郎从土浦飞行队退役。11月，举家迁回池袋。

1946年　52岁

6月，倡议成立"侦探小说星期六研讨会"，每月开一次例会。

1947年　53岁

6月，"侦探小说星期六研讨会"更名"侦探作家俱乐部"，被选举为第一届主席。11月，到关西等地演讲，普及和推广侦探小说。没有新作问世，但旧作再版达31部。

1949年　55岁

1月，在《少年》连载《青铜怪人》。6月，再度当选侦探作家俱乐部会长。11月，光文社出版《青铜怪人》。

1950年　56岁

1月，在《少年》连载《虎牙》。3月，在《报知新闻》连载《断崖》，为战后首部短篇侦探小说。12月，光文社出版《虎牙》。

1951年　57岁

1月，在《趣味俱乐部》连载《恐怖的三角馆》，在《少年》连载《透明怪人》。5月，岩谷书店出版评论集《幻影城》。12月，光文社出版《透明怪人》。

1952年　58岁

1月，在《少年》连载《怪盗四十面相》。3月，评论集《幻影城》荣获侦探作家俱乐部授予的"第五届优秀侦探小说勋章"。7月，辞去侦探作家俱乐部会长一职，任名誉会长。12月，光文社出版《怪盗四十面相》。

1953年　59岁

1月，在《少年》连载《宇宙怪人》。12月，光文社出版《宇宙怪人》。

1954年　60岁

1月，在《少年》连载《塔上魔术师》。10月，日本侦探作家俱乐部、东京作家俱乐部和捕物作家俱乐部联合主办"江户川乱步六十大寿庆典"，会上正式设立"江户川乱步奖"。《别册宝石》第四十二期杂志作为

"江户川乱步六十周岁纪念特刊",《侦探俱乐部》十二月号杂志也作为"乱步花甲纪念特刊"。著名作家中岛河太郎编纂和发行《江户川乱步花甲纪念文集》。11月，映阳堂出版《江户川乱步选集》10卷。12月，光文社出版《塔上魔术师》。

1955年　61岁

1月，在《趣味俱乐部》连载《影男》，在《少年》连载《海底魔术师》，在《少年俱乐部》连载《灰色巨人》。5月，举行首届"江户川乱步奖"颁奖仪式。11月，在三重县名张市举行"江户川乱步诞生地"树碑庆贺仪式。12月，光文社出版《海底魔术师》《灰色巨人》。

1956年　62岁

1月，在《少年》上连载《魔法博士》，在《少年俱乐部》上连载《黄金豹》。1月24日，"日本翻译家研究会"成立，出任研究会顾问。2月，出任"日本文艺家协会语言表述问题专业委员会"委员。4月，发表《英文翻译侦探小说短篇集》。8月，接任《宝石》杂志主编。11月，光文社出版《马戏团里的怪人》《魔法玩偶》。

1957年　63岁

1月，在《少年》连载《夜光人》，在《少年俱乐部》连载《奇面城的秘密》，在《少女俱乐部》连载《塔上魔术师》。12月，光文社出版《夜光人》《奇面城的秘密》《塔上魔术师》。

1959年　65岁

1月，在《少年》连载《假面具背后的恐怖王》。11月，桃源社出版《欺诈师与空气男》，光文社出版《假面具背后的恐怖王》。

1960年　66岁

1月，在《少年》连载《带电人M》。4月，出任东都书房《日本侦探推理小说大集成》编辑委员。

1961年　67岁

4月，成为文艺家协会名誉会员。7月，出席"江户川乱步从事侦探小说创作四十周年庆典"，桃源社出版《侦探小说四十年》。10月，桃源社出版《江户川乱步全集》18卷。11月3日，荣获日本政府颁发的"紫绶褒勋章"。

1963年　69岁

1月，"日本侦探作家俱乐部"升格为社团法人"日本推理作家协会"，被一致推选为第一届理事长。8月，再次当选，坚辞不受，亲自提名松本清张接任第二届理事长。

1965年 71岁

7月28日，突发脑出血逝世，戒名智胜院幻城乱步居士。获赠正五位勋三等瑞宝章。8月1日，在青山葬仪所举行日本推理作家协会葬，墓所位于多摩灵园。

译后记

我1981年8月考入宝钢翻译科从事翻译工作，1982年初开始从事日本文学翻译，1983年2月首次发表日本文学译作。四十余年来，我一直致力于中日民间文化交流，尤其是翻译了日本推理文学鼻祖江户川乱步的作品全集，由衷地感到欣慰和满足。

《江户川乱步全集》共46册，数百万言，历经数个寒暑才翻译完成。回首往事，第一天坐在桌案前写下第一行译文的情景仍历历在目。为了解江户川乱步的创作思想、创作背景和准确把握作品的神韵，除反复阅读其所有小说作品外，我还遍览《侦探推理文学四十年》《乱步公开的隐私》《幻影城主》《奇特的立意》和《海外侦探推理文学作家和作品》等乱步的随笔和评论集。并专程去了坐落在东京丰岛区池袋的江户川乱步故居考察，到日本国家图书馆查阅了有关江户川乱步的许多资料。

为了让更多的人了解江户川乱步，我在《新民晚报》先后发表了《江户川乱步，日本侦探推理文学的先驱》《日本的福尔摩斯》《江户川乱步的起步》《徜徉少年大侦探系列》《徜徉青年大侦探系列》，接受了腾讯视频、东方电视台、《上海翻译家报》、沪江网、日语界以及日本青森电视台、《东粤日报》、《朝日新闻》、《产经新闻》、《中日新闻》的相关采访。

鲁迅说："伟大的成绩和辛勤劳动是成正比的，有一分劳动就有一分收获。日积月累，从少到多，奇迹就可以创造出来。"我历经数年辛劳翻译的这版《江户川乱步全集》，2004年4月被乱步故里日本名张市政府收藏，2020年10月又被日本驻上海总领事馆收藏，并荣获国际亚太地区出版联合会

APPA翻译金奖，其中的"少年侦探团系列"荣获国家新闻出版总署优秀少儿图书三等奖。

　　江户川乱步可以说是日本推理文学的代名词，江户川乱步奖是推动日本推理文学作家辈出的巨大动力，《江户川乱步全集》是世界侦探推理文学的瑰宝。希望通过这套《江户川乱步全集》，可以让更多的读者共同享受推理文学的乐趣。

　　　　2021年元旦于上海虹桥东华美寓所